走仔
tsáu-kiá^n

黄守昙 著

上海文艺出版社
Shanghai Literature & Art Publishing House

tsáu-kiá^n

诶 给 我 的 姐 姐 们

目 录

手套之家 ...1

疯女 ...29

鱼王祭 ...54

走仔 ...81

七星女 ...106

爸爸从罗布泊回来 ...130

跨界 ...160

乌雄与阿霞 ...186

姚美君 ...211

天鹅 ...243

手套之家

自从父亲由保安改做荷官,家里的收入就有所增加了,为了庆祝一下,母亲决定全家去贾伯乐提督街的鮨味亭大餐一顿。大概用了半小时,母亲才化完她声称的"简妆"。对于眉笔、口红、粉饼腮红,她有着堪比职业的娴熟,我们都管那套仪式叫"画皮"。

我问过她,你看过周迅演的《画皮》吗?她却反问我,我有那么好看吗?她坐在梳妆台前,一边对着镜子压低上唇,把人中撑长,然后压低下巴,触电般快速微笑,又快速平复。她总讲,口红涂得好不好,得通过笑容才看得出来。母亲有一套自己的理论,譬如擅长微笑,涂口红就不能拖后腿,何况这是她的职业武器。通常我都不置可否，只知道明显她未看过《画皮》。

在玄关穿鞋时，母亲又瞥了一眼家里的阿姨，她吩咐这个瘦成辘甘蔗的越南女人，记得将衣服从阳台收下来，折好，摆进各人的屋子里。阿姨含糊着回答，知啦知啦——语气是不耐烦的。这个越南用人来我家半年了，我以为母亲已习惯她这款样子，没想到她依然忿忿。母亲讲，你最好讲到做到。阿姨软中带韧地回击，明啦，你们快出门吃饭吧。

我们都静静地旁待这场口水战争，母亲看着我们默不出声，像是脸面受到侮损，只好又对越南阿姨讲，你记住，折衣服不要侧折啵，我要正面的那种折法。返来我见到这些衣服，就要像逛商场见到的那样。听到未？

那个越南阿姨倒是很蛊惑，又用起那招数——假装听不懂广东话，径直走到厨房里去了。母亲看着我和弟弟，呼了口气，一边穿鞋一边讲，这女人太嚣了，好在你们大个仔，不然我惊怕她半夜掐死你们。弟弟没有回应她，我们都知道，母亲不过是要将我们和她绑在一条船上，因为父亲总是谦和的那一个，她需要培养同仇敌忾的战友。在这点上，我家的男人整体更像外人。

临出门，已经穿好鞋的母亲还踩返屋里，把沙发缝夹着的电视遥控放入她的手袋，得意地看了我们一眼。从家到餐馆一路上，她一直讲那个越南女人的坏话，讲她爱偷懒，偷看电视！工作时间打电话！用自己的手提电话打便算了，有一次她回家取产品资料，还捉到那女人用家里的座机打电话，最可恶的是她被发现了竟然面无愧色，径直行去露台晾衫裤！母亲讲起来这些，神色激动，更像一个外劳在数落自己的雇主。只不过一见到街坊，她就会立刻换副面孔，闪电般微笑，问人家，又出街买菜啊？我们今天出去吃！顺带问候对方孩子去了哪所中学，老人去了哪家养老院。我们家三个男人就站在一旁，等着，一直等到对方不好意思了，母亲才回到我们的队伍中来。她掩着嘴细声讲，都怪那个人口水多过茶。

我们更习惯沉默，在餐厅也是。母亲是"话筒"的唯一执掌人，她从不期待能得到我们的回应，只见她，戴着手套一边往嘴里塞寿司，一边又如同开关被突然摁下，喋喋不休地抱怨起来——抱怨女佣，抱怨中介，甚至抱怨越南与甘蔗，直至被芥末辣出眼泪才收声。从餐桌上的免费纸包里,她快手抽出面巾纸,就像魔术师一样,但要扑上脸时,却又小心谨慎,可能是怕损坏了她的皮。

母亲泪流不止,却依然给每件寿司沾上重重的芥末,似乎要借此机会不吐不快,我和父亲也安慰她,仿佛她是真哭了一样。可惜母亲不领情,她自顾自地讲,你们就当白脸好了,黑脸我来当。过了一阵好不容易平息下来,她又突然讲,我现在就要打给佣介公司,要求换个阿姨。父亲讲,先吃饭啦。她不依不饶,瞪大了眼睛,伸手入包里拿电话,在我们三人的注视下,她却将一个电视遥控器掏了出来。我们自然笑出声,弟弟也揶揄她,你打吧打吧。她在一旁先是哭笑不得,又像是憋不住,只好按住肚子笑了个饱,这样笑了一阵,还抬起头不许我们笑她。

笑归笑,母亲还是雷厉风行,隔天就炒了那个偷懒阿姨的鱿鱼,重新请了一个。那天,我放学之后去接弟弟,负责确认接送的老师却讲,你弟弟已经被用人接走啦。一时间,我还以为是别人家接错,或者是那个懒鬼阿姨报复,我甚至想到,她会不会把弟弟带去无人的公园，或者仓库，然后将他掐死。但很快我又释然，谁叫他顽皮呢？何况想掐死这个小霸王，也是轻易做不到的。讲是这么讲，但我还是很焦急，赶到家里一看，弟弟已经在沙发上舔着本属于我的雪糕筒，而一个黑黑的、有点胖的中年女人正在厨房煮饭。

她见到我时，露出了一排白牙，用一声粗简的广东话问我，你返来啦？语气就好像我才是闯入者。她一边把切好的西红柿按进锅里，一边问我，你是不是哥哥？我觉得这都是不答而知的问题，反问她，不然呢？她像是没料到我会这样应答，动作明显迟滞了一下，我想，或许这人也因此认定了，我们是不好相处的人家。

的确也是，想了想母亲骂人的样子，其实早点打破她的幻想，也未必是坏事。我被自己的想法吓到了，这倒像是母亲会讲的话。过去，对新来的保姆，她总会先来个下马威，黑口黑面冷待几天，她讲，这是有战术的，后面我们再对人家好，人家就会感恩戴德。我心里却想，家里的小房间已经住过来自越南、菲律宾、印尼的阿姨，她们性格不同，经历不同，却没有一个能把母亲的战术应验，也不知她的自信从哪里来。

或许还是不够像母亲，我比她更容易心软，想到面前这个陌生女人，在异国他乡务工，一下就要遭受雇主家无来由的敌意，也是挺可怜的。于是我讲，我放学去弟弟的学校，没接到人，讲完也没有等她解释，回了客厅，弟弟正斜躺在沙发上，十分悠闲地看着卡通片。我问他，作业写好啦？他一下子坐直身，似乎想讲什么狠话来反击我，我没有留下空隙，即刻又问：怎么回事啊你？见过她吗你就跟着她走！如果是坏人怎么办？

可能是我气势十足，也可能是他吃人的嘴短。他小声嘟囔着，她是拿着家里的钥匙来接他的。我更加生气地讲，上面那个锁匙扣，全澳门随便一个人都有。那个锁匙扣是澳门回归十周年的纪念品。弟弟不再讲话，他低着头，偷偷瞄着电视，我见他战斗力如此低下，推想他今天心情一定不错。于是我问他，今天仪仗队表演怎么样啊？他没有转移视线，只是嘴上讲，挺好。以前他只会讲，不就那样吗。新来的阿姨端了一盘西红柿炒蛋出来，讲趁热吃。我双手交叉在胸前，质问她，这么早做饭干什么。她讲弟弟饿了，先煮点东西垫肚子，顺便让你们试试我的手艺。我不再理她。

吃饭时，我才知道她又是个越南人。她有一处文身在手臂上，文身的内容是几个越南文字，我不识得。但我怀疑，这些文身可能写的是她的名字和故乡。我听之前的女佣讲过，她在越南家乡的海边见过浮骸，上面就会有这样一行文身。她讲，那些以海为生的人，出海遇到风浪不幸罹难之后，他们的尸首会有一定的几率被发现，虽然被海水泡发，面容难辨，但有这样一行文身，就可以轻易找到死者的故乡和家人。

新阿姨站在一旁，笑吟吟地看着我和弟弟吃饭，她做的番茄不错，不知道是选得好，还是煮得好。我不时看向她的文身，觉得她一定经历过什么，港片里的恶霸总以弹跳的胸大肌恫吓良民，上面往往有花色文身，或龙或虎。人愿意承受文刺的疼痛，是不是对死亡有预备的敬意，我甚至想象着，面前这个爱笑的胖女人，如何在茫茫无际的大海上飘荡生存。那个女佣讲过，一般偷渡客才会文，要不然就是打渔的。

新阿姨让我们叫她曼达，她讲话总是笑眯眯的，不论这句话是什么意思，是问句，或是平常的句子。母亲讲，如果一个人太多笑容，内心往往阴鸷，别看她对我们表面温和,遇到其他人家的女佣,照样能将白的讲成黑的,骂尽主人三代,代代花样不同。毕竟母亲是做销售的,我们都相信她深谙此道。她也会和同事一起点评那些令人讨厌的顾客——好讲价的中东客、斋看不买的台湾客和大手大声的内地客。在顾客背后,她可以骂一万句,但挂在面上——她的口红总是轮廓清晰,色泽完美,表情是笑口常开,恭喜发财。

其实黑口黑面的那几日一过,她对曼达就恢复了礼貌,譬如见到我没称呼阿姨就使唤人家,或者在她帮忙盛饭时,忘记讲"唔该",母亲就会恼我,讲,你不可以这么没有教养。她真诚生气的面孔,有时令我怀疑,她其实是自嘲高手。最记得有一次我感冒,瘫在床上不想换垃圾袋,一边玩手机,一边大声叫喊,帮我换垃圾袋!结果被母亲听到,她冲入我的房间教训我,讲要先称呼阿姨或者曼达,之后再讲你的要求,这样才有礼貌。母亲戴着一次性手套,上面沾着一片黑色的药渣,头发散开,像个通厕工,我很少见到她这样,她平常总是十全准备,容光焕发,我没想过她会亲自煮中药。

母亲教训完就出去了。只见阿姨端着一碗凉水,步伐小心地走进来，但我正看着电子鼓的视频，就叫她摆在书台上。曼达换好垃圾袋后，坐在我床边的椅子上，望着我。我却当她透明。这时，阿姨凑近看了我手机屏幕一眼，又把药端起来，讲，你喝了它再看。她的动作让我很不高兴，她不该这样，就连母亲，也从不偷窥我的手机屏幕。

我吸了吸鼻水讲，我已经好了，不喝了。她不依不饶，但是保持笑着，讲，你如果把药喝了，明早我帮你排上海包饺王的煎包。她知道我的弱点，街口那家上海包饺王出名难买。老板讲是来自上海，但在澳门赌输了钱，娶了青洲一户人家的女儿，才有本钱租借了这间店口，卖卖手艺。他的手艺无人可比，个个煎包都有十八道褶子，每次都能将一个个白花花的面球煎得底酥顶油，汤饱不漏。煎包还没出锅，香味就已经过了三条街。

他一日煎出六锅，已经独力难支，有人劝他雇工，或者让老婆帮手，他都笑着摆手讲，一个人够了。原来他家的包子也不算很难排，但那些已经无料可写的美食博主一将这间小摊曝光，店前即刻人龙大摆，后来内地游客多了起来,几乎每天只能留一锅给街坊。每当我抱怨的时候,母亲也会讲,这些人怎么不去上海吃,明明生煎包就是从上海过来的嘛。

我无法反驳母亲,更无法拒绝阿姨。我咕咚咕咚喝了药汤,虽然味道真的很苦。我看到曼达也是一张苦瓜脸。她端过空碗讲,还好我们不信中药。我讲,你不信还叫我喝。她转过头讲,我信全世界做母亲的,都不会害自己的孩子。我没有再答她,她突然又问我,是不是父亲晚上都不返来吃饭。我说,最近他排了新班。

隔日,曼达将一盒煎包放在我面前,叫我分两个给弟弟,她自己也拿起一个吃,坐在我床边。她讲,还是花自己钱买的东西好吃。她平时在我家,都猫在厨房吃饭,我父母叫她同我们一起用餐,她都拒绝,讲没有这样的习惯。吃完煎包,她突然讲起今天去排上海包饺王,好像见到了档主的老婆,原来是个痴呆的,一团黄色的鼻涕搭在嘴唇边。她讲得很恶心,但我只是讲,难怪那个老板要娶她。

我看到曼达拉下脸,一阵沉默,她抬起一次性筷子又放低,看上去很不安。她突然开声,这样的女人也有丈夫。她的声音里，似乎是有些不甘。我有些诧异，不知道她接下来会讲什么。但她只是望了望出面，讲台风又要来了。后来我才知道，原来曼达的丈夫已经过身，留下她和她的四个儿女。记得有一次洗碗，她不小心让手机沾了点水，就跑来向我借吹风机，母亲跟她讲过，那是要申请才能使用的。她的手机很老，是早一代的那种，我看着她把手机电池的外壳卸下来，掉出里面的一张小照片，是她和五个小一点的孩子。她很高兴照片没有受损，还将它递给我看。上面没有丈夫。

我问她，你的孩子吗？曼达指了其中一个，讲，这个不是，这是我姐的孩子，其他四个是我的孩子。他们的父亲呢？曼达迟疑了一下才用广东话回答我，死了，台风，出海，死了。我很轻地说了一声，哦，便不敢再问，怕惊动了她心里某处柔软的伤痛，但她脸上分明没有露出哀色，甚至还笑了笑，像是反过来宽慰我，此时，她手上的文身在房间的灯光下，显出一种难看的清晰。接着，她讲，没事。我可以有别的男人。

夜里睡觉的时候，我想起曼达的儿女们，他们统一的黑、瘦，像猴子，一定很有活力，会打架，打不过也会挠人，那该是一个很吵闹的家庭吧，或许曼达来澳门，是为了逃避他们呢。原本我以为，真正理解曼达是很难的，我无法想象四个岁数相近的小孩一起生活。因为一个弟弟，就已经够我受的了，他简直是哪吒上身，我一度怀疑他是母亲去柿山的三太子庙求来的。尤其他进了学校的仪仗队，就越发自以为是了，虽然他傻傻的样子，被发配去做个大鼓手，真是恰如其分，打大鼓，一首下来，只需要记得几个节点就够了。发傻的还有他那双打鼓时才戴的白手套，他待它们如珠如宝，甚至怀疑我有夺好的动机，他讲，毕竟要进仪仗队，也不是想进就能进的。

因为弟弟，我天真地想过，要向学校申请一个科学研究项目，研究曼达家四个小孩是如何共处的，可还没等我想法破灭，曼达就和弟弟起了冲突，其实严格来讲，也只是弟弟单方面发脾气。冲突来自弟弟那双白手套。曼达每次想帮他洗，他都拒绝人家的殷勤。为了这对手套，他甚至自己掏出零用钱，买了一块肥皂专门清洗，还对曼达三令五申，不允许她染指。我一度以为他们俩关系不错，因为曼达很纵容他，总替他处理手尾，帮他掩盖一些罪行，弟弟也经常在母亲面前暗示，曼达对我真好！我最喜欢曼达了！听上去倒像是一种计略，一种试图引起母亲妒忌的计略，计略的正名叫鹬蚌相争渔翁得利。

有一天，他从仪仗队返来，就进浴室洗好了手套，到阳台遇上阿姨，阿姨不大高兴，说我来就好，却再次遭到弟弟的拒绝。弟弟撒娇一样地讲，这个我自己来就好了，我长大了，要自己负责的。出了阳台，弟弟又偷偷和我讲，曼达洗碗收垃圾，手肯定脏死了。而当他讲这句话时，她正在阳台上晾我们的底裤。

过了一晚上，"海燕"浩荡而来，风雨骤急，曼达把手套从衣架上收起来。天文台挂了风球等级，学校自然放大假，弟弟知道隔日不用上课，前一晚兴奋过头，玩了通宵游戏，结果睡到中午才醒来，一醒来就见到自己的手套，和父亲发脾的手套、母亲卖表的手套放在一起。他自然大为光火，坐在餐台上，有意无意地发脾气，打翻橙汁或将饼干袋里的碎屑倒在椅上。但曼达没有露出半点愠色，只是一个人静静地收拾，就像她在厨房自己吃饭那样，安静，守序。我想，也许这是她从四个子女身上磨砺出来的。

　　台风后，曼达请了一次假，和她的同行姐妹出去。母亲讲，估计我要狂打十二个喷嚏了。我放学回家时，经过上海包饺王，有个污糟邋遢的女人坐在铁锅盖上哭喊，人群包围住她，直到几个穿着人字拖的男人拖走她。曼达也在人群中，她见到我，就和我一同回家，路上她讲，听朋友讲，档主转行了。我讲，那以后岂不是吃不到了？这么好生意，怎么关门不做了？阿姨没有接我的话，她只是努努嘴讲，好像去了新葡京做事，或者威尼斯人。可能他还是离不开赌。

　　在我们中学里，好多同学的家庭，都是手套之家，他们的父母和我的一样，要么在赌场工作，要么在名品店工作。如果加上不时去星级酒店门口表演的弟弟，我们家，简直是澳门面对世界的窗口。曼达曾讲，她不明白，为什么这些工作要戴手套，又不是医生。未等我应答，弟弟就讲，只有你洗碗时才不戴，人人工作都戴手套的。她突然不好意思起来，揉着手指的关节，讲，我不习惯戴手套洗碗，觉得洗不干净，你看，包饺王的档主也没戴手套，封包子的时候，手指多快。

后来，父亲有一次跟我讲，他在赌场里，见到一个荷官同事，长得好像是包饺王的档主，一问果真是。据传，他面试时发牌手速极快，还会很多花样，能把牌捏出各种招式来，可谓做牌如做包。父亲很喜欢和我讲赌场发生的事，但次次都是点到为止，每到精彩处，就硬生生把话吞回去，可他这样做，就像影片前的暴力画面警告，总能以警示来撩动我更巨大的好奇。他讲，赌场不是好地方，你别太关心。父亲总令人扫兴，好在曼达也是赌场奇闻的传播者，她知道许多风云故事，我也不清楚她从哪里听来的，总之十分生动，有些和父亲讲的也很像，但她愿意把故事讲完，这一点倒远远胜过父亲，后来我就只听曼达讲了。

有一阵子，母亲心情不太好，她总抱怨自己事事无成，工作业绩提不上去，而父亲奇异地没有安慰她。在这关头上，我和她吵了一架，她嫌我考试英语成绩不好，讲我顾着玩，不学习，骂到最后，她才讲到重点：你要买电子鼓，我一毫纸都不会给。我也不高兴，大声讲，不给就不给！大不了揸把菜刀打劫表铺去！那自然是一时气话，但母亲面色极差，甚至有分分钟掉泪的样子。去年，母亲就职的表铺遭人打劫，一个中年男人持菜刀入门就斩，但听讲他收表的蛇皮袋又旧又破，一只只劳力士又从破洞里掉出来，明显并非有经验的匪徒，所以很快就被男店员伺机制服了。虽然母亲身上没受伤，可心里留下了阴影，有一次曼达在厨房切菜，菜刀在砧板上铿铿作响，她很失态地喝了曼达一声，讲不要再切了。这是曼达后来跟我讲起的，她让我要体谅母亲揾钱艰辛。

好吧，其实我也没想过，有一天会去偷弟弟的钱，我更愿意称之为借。要不是和同学约定合买电子鼓，我也不会心急，晚买早买本无所谓，只是不能在同学面前失了脸。一开始我只想取母亲的钱，顺便惩戒她的失信。但家里有阿姨这个外人在，母亲定不会将钱银随意放置。我只好向弟弟的银包下手，阿弟丢了钱，哭天喊地，他质问阿姨有没有看到，阿姨讲没有。他便坐在客厅的沙发上，像个坐地炮，含沙射影地四处开火：屋里入了贼啦！也不知道他是在骂谁。

弟弟粗心大意是出了名的，以往他丢了钱大吵大叫时，我就会闹他讲：你心眼比钱眼大，活该跌钱。这次或许因为心虚，我只是把自己关在门内，戴住耳机看电子鼓教程影片，但鼓声开到最大，也盖不住他的骂声。阿姨入了我房间，她捏着那双斑驳的手，像一个犯了错的孩子，咿咿哦哦很久才开口，问我的鼓还缺多少钱，她想借钱给我。她讲做人，不可以拿不属于自己的东西，还以上海包饺王为例——她讲，包饺王偷了赌场很大一笔钱跑路，后来被人追杀，斩死了。

曼达自顾自讲着，让我觉得很沮丧，羞耻得不敢看她，我想赶走她，但没有开口的力量。见我不理会她，她只好延伸到自己的丈夫，讲他明知台风天快到了，还敢出海捕鱼，她也劝阻过他，可他讲没事，海王爷会庇佑的——人拿不该得的东西，老天就会惩罚他。她丈夫连尸体都找不到。作为一个女佣，她劝得太多，多到没有她职业应有的样子。但她手上的文身就像一种死亡的信号，在佐证她的立场。

晚饭，爸妈没有返来，曼达掏了一把钱给了弟弟，讲在脏衣篓里找到的。数字可能有点出入，因为阿弟哭喊时也只讲了个大概，他接过手也愣愣的，清点的时候更是一脸狐疑，时不时望向曼达。曼达气定神闲，她甚至站在厨房门口吃一根蘸白砂糖的黄瓜。原来，她并没有看上去那么恭顺，这场心理上的绞战我已经输了。我私下跟她讲，我会每个月还她一些，那时她正单独在阳台晾衣物，听我这么讲，她就笑了。而她身后的银色晾夹盘，挂满白手套，分明像极了一张张垂头丧气的降旗。

母亲很快给我请了家教班，恶补英语，她在餐桌上，当着父亲的面，对我讲，你英语不好就只能去读内地的学校，但你读得又肯定没人家勤力，将来都不过是返来，学你老豆（老爸）做荷官，上班连口都不用开，只要识得发牌和收发筹码就够。母亲讲得出，做得到，心狠手辣是她一贯的做派。为了防止我买电子鼓，她给我的零用钱都比以往少了，但无论几少，我都会挤出一份还给阿姨。不过，日子忽然就变得拮据，以至于有时去同学家玩鼓，我也只能步行过去，或者搭赌场的直通巴士。

好在，澳门就这么鸡心点小。

但不幸的是，我还是被母亲发现了电子鼓的事。一日，她一下班就问我英语成绩，还检阅我的英语试卷和作业簿。她的白手套甚至还没来得及脱下,这使得她翻动纸张的动作,看上去就同差佬侦察凶杀现场一样。但我成绩略有提升,她没处下嘴,只好单刀直入直接问,你买鼓的钱,哪里来的?

我没有买啊,你不是不给钱吗?我如此应道。

鬼扯!我什么都知道了!我依然不认,甚至心里想,会不会是曼达出卖我,我看了她一眼,她有点惊讶,像是没料到会有这样一场争吵。母亲见我矢口不认,才讲出,原来是我同学的拍卖行母亲告诉她的,也不知道那阿姨是有意还是无意,竟然对我母亲讲,我经常到人家里打鼓。当然,我也没有怪罪同学的意思,他也曾为了朋友间的体面,和他母亲叫过"价",本质上和我同病相怜,我们对彼此的父母知根知底,他们的笑脸是拿来服务他人的,要是给了家人,总算不得物尽其用。

曼达很同情地看着我挨骂,但她也无能为力。倒是弟弟,一脸得意地擦着自己的鼓槌。可他也高兴不了多久,母亲告诉我,如果你英语还拿不到前十,我就把曼达换了,换一个英语好的菲佣。接着她又讲,只识广东话，是不值钱的。曼达走到母亲面前，非常恐惧的样子，挥着手比划着"不要，不要"。母亲冷冷地说，就看他了。她朝我抬了一下下巴，好像自己是无辜的。曼达眼泪都出来了，跪在地上央求母亲，又被母亲的枪头一指，转过身来求我，她哭着讲，求你好好学英语吧。她的哭声听着令人哀怜，只怪母亲的手狠心硬，纵是我真的看不下去了，也丝毫不想退让。我想，这是战争，注定要牺牲曼达了，我得比母亲更硬心肠。那时我没想到，也许我认个表面的输，就不会有后来那些糟糕的事。

大概是半个月后的一个星期六，我去上英语培训班，外教老师因事没有上堂，我只好坐赌场巴士回家。我轻声入了门，害怕吵醒最近排夜班的父亲，他做荷官很辛苦，赌场二十四小时灯火通明，那里连天花板也要铺成蓝天白云，是一个极力取消时间、视时钟为敌人的地方，父亲讲，这样做，是好让赌客们晨昏不分，尽情豪赌，输到天昏地暗都不自知。

父亲辛苦挣钱，是我们家的共识，尽管母亲挣得最多，她时常炫耀自己的舌头像温柔宰人刀，刀下不见血。在家里父亲一直低一头，他是顺和安静的，是父爱如山里的山，我和弟弟周末都尽量出门，就是为了不打扰他休息。只不过我记得有一次，他下了夜班返来，那时我正在吃早餐，他坐在桌边，慢慢地讲出一句话，那句话没头没尾地冒出来，既不是对报纸新闻的议论，也不是对牛奶面包的评价，他讲的是——我已经练就了麻木。当时我很震惊，这像是他的心里话，是从不会对我们说的那种真话，我不知道父亲为什么会不小心说出来，难道是觉得我已经长大了？大到他认为可以对我掏心掏肺了？

这句话，让我怀疑起他和母亲之间的感情，过去我一直以为他们感情很好，可能因为两人彼此上班时间不同，一个夜班，一个早班，像是被生活有意地错开，以酿就二十一世纪牛郎织女的佳话，每天小别胜新婚。我能想到的，总是有些肤浅，是神话故事而不是日常，日常是冷峻的，细碎的，不伟大的。也许父亲转做荷官了，挣得多了，他不过想要多一点地位？假如不是见到那样的场景，我可能还会这样认为。但事实告诉我们，不能期许任何人在日常里像神一样活着，是的，不能。

正是那个周六,我轻声地旋开门,眼前一幕令我愕然。我见到了父亲躺在沙发上,他穿着睡衣,像是在睡觉,而曼达几乎是裸着半身地从客厅穿过。尽管她后来坚持解释说,她没有半裸,那是一种清凉的越南服饰。但她见到我,很快就冲回自己的房间,留下父亲在沙发上装睡。我想,如果只是一种清凉服装,应该不必这么害怕。至于父亲,我有几次尝试去相信他,相信他其实是真的睡着,但他又素来不喜欢睡沙发,沙发满足不了他对睡眠的需要。

我躺在自己的房间里,有些后悔,宁愿是弟弟看见,他迟钝一些,足以引起父亲和曼达的羞耻心,又不至于让他们恼羞成怒。最重要的是,我不知道该不该告诉母亲。被一个又黑又胖的越南外劳打败,母亲承受得了吗?以她现今的状态,会不会与父亲离婚,甚至发疯?毕竟一个新手抢劫犯就能把她的凌厉击溃。我从没想过今天,母亲会以柔弱的姿态浮现在我的脑海中,她在镜子前画皮的时候,总有种随时战斗、战无不克的自信。

我想起曼达对我说过,做人,不可以拿不属于自己的东西。这句话显得非常讽刺，像是一只记忆中的火鸟，在催促我燃烧起来，起身去怒骂她，去羞辱她。可是，当曼达换了衣服，推开我的房门时，我有些害怕。不知道为什么，母亲的话仿佛在我耳朵里响起来，也许像曼达这样的外劳女子，会一手把我掐死，她那么强壮有力。嗯，还有文身。

曼达当然没有这样做，也没有像那天一样跪着央求我。她讲，那是一种越南的清凉服装。我沉默了一会儿，才讲，是么？她讲，是的。我以为她还会给出别的什么证据，然而她没有。她说，她的丈夫不爱她。这又算是什么理由呢？我不想听这些，我想请她出去。

但她坚持地坐在那里。我没有起身把她推出我的房门，只是静静地等着，像是给她一个足够将自己申辩干净的机会，我似乎对曼达有更高的容忍，即使这可能伤害到我的母亲。也许我对母亲过于残酷，正如她对我一样。曼达继续说话，就像留遗言，她讲，他每次想离开我，我就会穿上这件衣服。我要给他生孩子，他就不会离开我。她的话很朴素，我一下子没反应过来，她又讲，你爸爸是好人，是我勾引他，没有成功。我要工作。

她讲完就离开了,但她那些错乱的句子在我脑海中无限组合,我似乎明白了一些,又似乎没明白。返到客厅的时候,父亲还在沙发上睡着,是的,睡着,姑且这么形容他吧。他发出了鼾声,翻动身子,像是很焦躁。我想,或许他在等多一个目击证人,来证明他睡着了。他努力地表演着,直到弟弟返来时细细的推门声,终于将他惊醒。曼达此时在厨房洗碗,水流的声音明亮,沙沙的,像是能洗净一切不洁。

我经过的时候,见到她戴着一双塑胶手套,红色的。我记得此前,她说过母亲给她添置了手套,要她以后做家务都得戴上。母亲说,女人要学会保护自己的手。曼达那时还跟我说,白手套是用来摸手表的,发纸牌的,红手套呢,是洗污糟的,通屎渠的。表面上有区别,其实不过都是服务他人的。那时她说的话,真不像一个女佣。没等到母亲返来,父亲就出门了,出门前,他吩咐曼达帮他去阳台收下白手套。他们就在我面前交接,父亲还难得大声地讲,曼达,你记得督促他们学习。曼达点了点头。我一下就明白,父亲想要将他和曼达两人的关系，呈现出雇工与雇主之间的状态。

接下来的日子，父亲都没有找我聊天，也没有贿赂我。我甚至在想，他会不会期待我戳穿他，期待母亲情绪失控，让一场大龙凤在家里开幕上演。或许他这些年不为我们所知的压抑，也需要一个出口，一个从唯唯诺诺中喘息的机会。然而我偏不。我想，我比父亲、母亲、弟弟他们当中任何一个，都要喜欢家庭的虚像。只要曼达离开，我也不用继续困扰，况且是她自己说的，拿不属于自己的东西，会有报应。我需要做的，只是把英语考得更差一些而已。

当我将成绩单摆在母亲面前时，我没想到，她好像忘了之前讲过的话。她坐在沙发上，只是叹了口气讲，花了那么多钱送你去补习班都没用。我看了看父亲，他在一旁吃着水果，没有出声。曼达正拖着地，远远地，把拖过的地方拖了又拖，就是不靠过来。父亲用牙签戳了一块菠萝给母亲，母亲皱了皱眉头讲，哪有心情吃，你看他这个成绩。

弟弟坐在一旁偷笑。我站着，挨着并不激烈的训，但心里还是觉得不公，明明有人犯下了更大的错。我讲，要么请个会讲英语的用人吧。母亲看了我一眼，又看了曼达一眼，像是对我的主动感到惊讶，但她没问为什么。我看向父亲，他倒是不动声色，他就是这样的人，不会为我解围，也不会为曼达解围，像是一切都与他没有关系。他还是那个父亲，日夜颠倒的，劳苦又不辞劳苦的，我们的父亲。

弟弟听了我的话，又看见母亲没有回绝，自然有些着急，他指着我的鼻子骂，你考得不好，凭什么曼达替你受惩罚！他跑到曼达面前，说曼达你不要走！曼达拖地的动作顿了一下，她望向母亲，抱歉地笑了笑。母亲面无表情，这反而是最危险的，当母亲能克服等同于职业习惯的微笑，也能按捺下暴怒，就说明她正在复杂地计算着。弟弟如果再聪明一些，也会清楚，他的举动对曼达更不利。母亲看了看父亲，像是自己很难办一样，但我知道，她在等待，她在等待一场声泪俱下的求饶，等待一个台阶让她的脚可以踩下去，这个台阶要么是父亲一句话，要么是曼达的膝盖哐的一声砸在地上。

但是她不会等到的，什么都不会有的。我讲，就这么定了吧，也赶紧让曼达找新的工作去，别耽误她。

曼达临走那日，打包好了自己的东西，她走到我房间，向我借吹风机，她在这个家里做的最后一件事，竟然是洗头发。我迟疑了一下，但还是借给了她。她就坐在一边，像那天吃上海包饺王一样。热风的声音在我耳边吹着，那声音里的温度带着一种残忍的焦味，接着我就听到了来自背后的哭声。我只好拿纸巾给她，她讲，你要好好学英文。我说好，也认定那是一种祝福。

这时我想起来还欠她钱，一下明白，她可能是来讨钱的。我赶紧起身，把欠她的钱递给她。曼达没有接，她讲，不用了，你留着吧。讲完她还笑了，泪痕在她黑色的皮肤上显得清淡，她的白牙齿露出来，笑容比母亲的真切，我忽然有些同情她，也有些理解父亲。然而她却开口讲，你也不容易。我有礼物要给你。我心想，她能给我什么礼物？她一边说，这是我给你的礼物，我知道你打鼓，一边又慢慢地从衣兜里抽出了一个袋子，是那种超市的塑料袋。想必不会是什么贵重之物，我打开，往里面一看，看不太出是什么，我只好拎出来，原来是一双白色的，崭新的手套。

我很惊讶，也有些失望。曼达看到我的表情，一脸疑惑,她焦急地问我,打鼓可以用上,不是么?我摇了摇头。她失望地努了努嘴巴,叹了口气,从我的房间退了出去,屋外的光慢慢地被门夹得愈发稀薄,直至消失。

我打开了手套的包装,将它们放在桌上,就在两根鼓槌旁边,显得柔软、干净,又有一些残忍。我看着它们静静地躺着,恍然觉得,它们就像母亲打小人用的两个纸公仔,等待着被写上一些人的八字,再被一只拖鞋底狠狠地敲打、诅咒。

疯女

斗金的女人来到和庄村时,女人们一眼认出她是一个疯子。那天临近傍晚,斗金领着一个女人走过村口的水渠。她低头走路,遇见人就斜眼看人一眼,也不说话。她头发很长,全都披散下来。稍有一点眼色的人,都能看出她的小腹正隆起着,看来已经有了身孕。另外,她身材硕大,比得过一个男人。斗金身板子精瘦,跟她比起来就像秋天里的一根玉米秆。

女人们眼见斗金走近了,却没有一个人打招呼,纷纷装透明,低下头料理搪瓷盆子里的食材。斗金也不见得愿意打招呼,匆匆走过去了,真没见到她们一样。对于被忽视,女人们先是庆幸,后来又有些不悦,盯着两人离开的背影，尤其是斗金还牵着那女人的手，太不检点了，女人们碎言碎语地指责两人——不识人，没家教。

和庄村里的恶娃娃没有任何的举召，他们野猴一样地挤到斗金家门口，纷纷伸出手讨要喜糖，挤不上门槛，就拍打着窗户，他们用眼珠子扫探着这间不大的房子，想望出一些甜食来，比如神龛边或者橱柜下的塑料篮子里。他们一边喊着，把甜米糕赏我们吧！一边又大声地讨论着新娘，你看她的手真大，会不会半夜做梦把自己掐死？头发真黑真长，会不会把自己吊死都不用绳子？她长得多白，她照镜子会不会把自己吓死？你看，你看她怎么挺着蛤蟆肚子，坐着不动？她在笑，你看，她在笑。

斗金的行李有一口箱子和之前托人带来的一捆被子，里面包着几件衣服，行李虽然不多，但他向来不会料理家务。女人帮不上手，只顾着坐在床上傻笑。别的新娘子见到这种群猴环伺的阵势，要么害羞，要么生气，哪里有笑得出来的，恶娃娃们都说她痴傻，他娶了一个傻子。斗金被这些话烦得紧了，很不高兴，但又深知他们的习性，不尝到甜头不罢休，毕竟二十年前，他也是恶娃娃，而且还是带头的那一个，人称四大天王之一。

斗金从左到右地看着这些恶娃娃，他们也警惕地看着他，如同对峙。斗金大可以教训他们，他的拳头虽然瘦削，但也多了几分硬朗，身体还灵活，眼睛里有血性。可他的女人怎么办呢？她还要在这里生活下去，她肚子里还有一个娃娃。他看向自己的女人，想着现在到底是成人了，不一样了。再说和他们野孩子计较，能落着什么好呢？这样的念头一起，斗金也就不再迟疑，他拿出甜米糕给了恶娃娃当中的头头，那分量本可以让他们吃三顿的。恶娃娃们收走了米糕，但并不满足，他们依然叫着，拍着，吐出舌头扮鬼脸，似乎想要刺激那个疯女人，他们相信，这个女人终会发疯失控，她会拉扯自己的头发，口水飞喷，痛哭流涕，甚至把自己弄死，那时他们自然有甜果子吃。

然而她没有。女人忽像风一样冲上前，夺回了那袋甜米糕，又扇了一个头头的嘴巴子，接着是第二个，第三个。恶娃娃们回过神来，还手打她，踢她，她也不喊疼,仿佛是一座山。斗金赶紧上前帮忙,恶娃娃们才作鸟兽散,但他们嘴上的功夫仍然狠毒,很快就编起不干净的话穗儿:疯女人,泼妇鬼,大巴掌打男人嘴。能对盲子说瞎话,别跟斗金提阳痿。

在村子里,疯女人的男人总归短了一头,人们不会当面当头地说,但眼光里难免带着一丝嫌弃:是得多没出息才娶个疯女人,那和猪睡觉有什么分别?女人们也偷偷说,好好的人哪里去配那种女人,肯定有什么暗病,没准他那方面也不好。斗金看着女人,想到她刚刚的骁勇,不觉对自己懊恼起来,只是她仍然呆呆地坐在床上,像阵雨后的天,让人不由地生疑。斗金埋头继续收拾房子,墙角有几道石灰块割过的痕迹,在成为恶娃娃之前,他曾经和哥哥一起在这儿量身高。他推开了木窗,任由阳光把墙角照成一片苍亮的颜色,什么痕迹也看不出来,但同时,阳光也照见空气中的烟尘,鼠屎和虫卵噼里啪啦作响,而窗外一片白云都没有。

登门上来的人踏着水靴,拎着鱼篓,气冲冲的,斗金抬头一看,是族里的温伯,他负责管村上的宗祠事务,年逾七十,但身体依然结实,腰还弯得下,儿女都在城市，他独自住村里，眼看梯田地都没人种，要荒了，心疼，就亲自下田，重新干起活儿，许多同龄的老家伙看着，也不舒服，说他劳碌命，做到死，坚持不了几天的。然而没过多久，老家伙们也跟着他下梯田里去了，各自艰苦耕耘、微少收获。

温伯那股劲儿被打断了，他觉得斗金好像变了，变得像一个陌生人，他直直地打量着斗金——他的脸色着了灰般冷淡，眉锋没有过去那么尖锐，眼神里的红光也已经被冲淡了，多了一点温和的力量。温伯一下忘记了原来准备好的质问，他仓促地说，你……回来啦。听上去就像差点咬到舌头一样。他才看到怀孕的女人坐在床炕上，菩萨般静止不动，一个女人家，竟然没有招呼他喝水吃茶，这太不够世情喽。但他只是说，讨了老婆就好，成家立业，正正经经像个男人了。斗金还是很冷淡，他站起来说，明了，温伯。

斗金其实理解温伯刚刚的激动。四年前，斗金真是恶出了名，被村里人围堵在村委办公室，人们说要么叫你哥哥回来赔，要么你就滚出这个村子。斗金的哥哥在镇上生意做得很好，但就是不愿意带上弟弟，嫂子曾经当着外人面说过，明理呢，两兄弟已经分了家，本来就该各挣各的，况且呢，我们也只是小本生意，卖两口吃的能挣多少钱。

斗金的母亲是精算的人，她自然无话可说，跟随哥哥搬到了镇子上，两个儿子，一个白手起家，一个只会偷蒙拐骗，她当然跟着前一个。她想，和庄村的人口已经明显凋零，中青都出去打工了，在外发迹的，也逐渐搬到镇上或者县里，住上了商品房，村里已经剩不下几个适合做朋友的，穷苦残弱的滞留者，都巴望着要良善人帮忙呢。谁有点家底会待在这儿？一来怕把自己帮穷了，二来也遭人妒忌，横算竖算都不上算。

临搬走前，母亲对斗金说，这老家的房子就给你暂住吧，找份工作别惹事。斗金那时青葱，满肚子不忿，气呼呼地压下她的箱子，说，这房子是阿爸留给我的，你要去找阿哥，就别回来。母亲兜了他一巴掌，硬气地说，你回头别跪着求我回来给你擦屁股。如果斗金没记错，当时他唾了她一口。但母亲没有发难，而是一脸漠然地看了看他，自己搬起箱子走了。

斗金被留在这个小房子里，像一件不顶用的发霉家具。他独自坐在床上,忽然产生一种陌生的感觉,想想自己,终于做了主人,却不知如何是好。他想打理一下房子,朋友们这时却来找他,看见房子空荡荡只剩他一个,就招呼他出去抽烟吃酒说,四大天王可不能残下去。他在房子里走了一圈,就跟着他们去了。他们在附近几个村躁动流窜,做尽了坏事,先是偷鸡吃,后来牵了别人的猪牛去卖,在集上偷摩托车又被发现,勒索小孩子,把人吓得请先生来叫魂。人们不堪其扰,都找到和庄村来交涉说,这几个浪荡娃你们要处理,不然我们就要报警了。

一次入室偷电视机失了手,斗金被隔壁村的人捉到了和庄村村委办公室。温伯通知了他哥来还钱,又怕看不住斗金,就叫来密密匝匝的老人围在他身边,说你可别闹,别回头把老人家折腾死了。留在村里的老人多是无依无靠的人,子女死得早或者不孝,身子也不好,脑子也未必灵光,整日巴着眼睛,不知道想到什么事情就会突然流泪。斗金叫他们让路,他们不让,有的真是心肠坚定,有的只是耳朵聋听不清,或者是腿脚失灵,挪不动关节,斗金再大声喊他,他都要尿裤子了。斗金想了几个法子都逃不掉,只好一口"老不死的"一口"没人收尸"地骂他们。

看到母亲推开门,斗金很懊恼。她没有跟他说话,只是问了几家苦主索要的钱数,分家分户地点清楚,把钱放到他们手上,也不道歉,而且,她连看斗金一眼都不。苦主们都要她让斗金下保证,以后不再作奸犯科,母亲却对苦主们说,狗改不了吃屎,下次你们直接报警吧。

听到这句话,斗金愣愣地看着自己母亲,他知道,这些钱是他阿爸工地拨的赔偿款。他一直以为那已经被母亲和哥哥合手吃掉,拿去做生意了。斗金被自己刺伤了,甚至恼羞成怒起来,生活仿佛一下子失焦,像一个拳头蓄力待发,却没有挥掷的去处。

在离开办公室时,斗金挤出人群跑了出去,他眼睛通红,像是被泪水烫着。温伯见他冲来,想夹住他却夹不住,他比稻田水里的鱼游得还滑。斗金头昂着,对着空气,其实是对着温伯喊,我把祠堂烧了!老不死的!温伯吓得脸青,赶紧追他,夜里人影扑朔,一下就跟丢了,他只好跑到祠堂,仔细排查了一下,幸好没事,但他从此留了一个心眼,经常半夜醒来要上祠堂看一圈。祠堂啊,那可是他们最后的归宿,老命的根,他自然最紧张。他后来甚至在和别人聊天时,也常被那个名字吓出一头汗,仿佛那双红眼睛一直在盯着他。然而今天,斗金究竟回来了,他路过村口的时候,女人们是这样说的。

斗金记得自己说过的那句话,和传说并没有太大区别,但那是气话,他没有当真,倒是村里人当真了,甚至已经在娃娃们当中,演变成了复仇故事,他也觉得可笑,可笑里还有点害羞,像突然想起儿时的糗事一样。今日不同往日了。他跟温伯说要留下来陪产,希望能找一份活计。温伯说好,答应会给他介绍。他倒是没有问斗金,这四年在外面做了什么,因为和庄村任谁出去讨生活,都有瀑布长的故事可以讲,虽说各有传奇,却也大同小异,能回来的大抵都挨了生活的碾。

斗金对温伯说,吃点甜米糕。温伯心里泛出一些感动来,和庄村的男人结婚都要请人吃米糕,尤其是长辈,似乎有种向他们讨求许可与祝愿的意思。温伯当然愿意祝福这个娃娃,他想这是在尊重他。斗金竟然会尊重他？一个敢自称四大天王的人，竟然会尊重他？他忽然又好奇起来，这斗金经历了什么。

斗金要去拿女人手上的那袋甜米糕，她不依，她紧紧捏住了塑料袋的口子，仿佛里面藏着一只蜜蜂或者萤火虫。温伯看着她，女人也不客气地望回去，斗金只好抱歉地去行李里掏别的米糕出来。他一转身，女人就用指头捏着米糕，递到温伯鼻子前，像是要给温伯吃。温伯尴尬地笑了笑，他能看到，她的手指很大，米糕已经被捏得粉碎，在她的指头上像一撮雪。

温伯连连道谢，让她自己吃就好，但他却接过斗金递来的米糕，放在手心里，也没有吃。他只是问，她是哪条村的？斗金盯着温伯好一会儿，像是在揣测他的用意，又像是在思考女人的来处。他说，远了，贵州的。温伯心下明白，那就一定不是贵州，反而可能是云南，或者安徽。他面不改色地说，那……人家家里人也是舍得下。斗金随便应了一声，又去问女人，肚子饿了么？女人抬起手，聚拢起手指，像一大朵合起的荷花一样，往自己肚子揉捅，她努力地发出"饿""饿"的声音。

斗金拍了拍她的手，她就放松下来，任斗金喂她吃米糕。温伯看在眼里，惊在心里，但更多的又是担心和同情，他说，她这样，将来怎么办？斗金说，哪有怎么办，赚钱呗。温伯又说，那孩子将来会不会也……不会，她是小时候发烧烧傻的。两个男人还蹲在小椅子上说着话，女人就自顾自躺到床上睡觉，嘴边的米糕渣子也不擦。温伯坐了没一会儿，就把两尾禾花留给他们，说大肚婆需要补补。

小两口在和庄村算是住下来了，温伯给斗金找到了镇上民营砖头厂的活计，收入虽然不多，但紧紧巴巴养两张嘴也够了。只是自此，和庄村每到夜晚，从那墩小房子里，总能传出疯女人欢快的声音。那声音盖过了夜鸟、盖过了蛙鸣和蝉声，盖过了野猫发骚，让老人们郁闷、少年们烦躁、青壮的男女们又羡慕又恨，他们这样两个人，也配享受这样的快乐？很快，村里一些女人就指责说，她叫得真大声，真无法无天，操劳的妻子们会说，她是野狐狸变的，肚子那么大了还做那事，她们的丈夫却会附和，她一个疯子，本来就只算得半个人。

疯女人和她男人这样不加掩饰的风流，他们的传说注定要在村里散开。人们一方面会对已有的信息进行延伸与猜测，一方面又朝外面的世界，积极地打听和质问，只可惜什么也没问到。在城市里的和庄村人忙着生计，忙着宿嫖和招嫖，忙着挤兑同事和抱怨上司，忙着存钱也忙着被骗钱，流言都是顺便听进耳、顺口说出去的，人们不爱费尽心力去求证。所以，他们也只能猜测，斗金一定是去了很远的地方，敲了老丈人一笔钱，娶来人家的疯女儿做老婆。

过了两个多月，疯女人生产了，是个男孩。那天她疼得厉害，一直拿手按住那里，好像不愿意它张开一样。村里的女人们闻讯都来帮忙，她们也想看看疯女人要怎么生产，毕竟百闻不如一见。虽说是出于好奇心，但她们也算尽心尽力，在疯女人临盆的时候，给她牵起又厚又重的头发抹汗，拿一根火油管子横让她咬着，怕她伤了舌头，有的按住她的手脚，有的按摩她的肚子和腰侧，有的只是在一旁安慰，加油鼓劲儿，还有一些只是在角落里哭，时不时递个毛巾，产房里热腾腾的，都是汗味、血味和汽油味。

一个白胖胖的小娃娃还是出生了，头发像他娘一样浓黑，女人们领受了斗金的道谢和礼物，结伴回了家，路上说，疯女人生孩子，也没什么不一样嘛，就是蛮了一点。她们开始殷勤地教她坐月子，教她如何一边喂奶，一边保护娃娃的软脑壳。她们总害怕，娃娃会被疯女人不小心坐歪脑子，或者在洗澡的时候被她用热滚水烫死。

娃娃还没满月，斗金就抱着他，拎上一盒饼子找温伯去。温伯又惊又喜，问斗金，不出月能出来见客人吗？斗金笑了笑，像是欢喜的。他说，长辈哪能算客人？他招呼着要温伯给娃娃起个名字。温伯看他笑得太不自然，心中有疑，于是问，是遇到什么困难吗？他以为斗金要来借点奶粉钱。斗金说，没什么困难呀，您识的字多，帮娃娃起了名，娃娃会好。温伯见他执意，也就半推半就，拿出老花眼镜和纸笔，写写圈圈，他的笔下很快就出现几个平凡的名字，"和生"好还是"传文"好？斗金像没有过脑子，只是急热地附和说，都好都好，您定。温伯自己在纸上拔河，终于圈出一个名字，那就叫"和生"吧。斗金说，好嘞，娃娃有温伯关照，肯定会好。这一下，人人都知道温伯给娃娃起了名字。

过了五六天，斗金消失了，村里人没找到他，砖厂的人也没有。人们问疯女人,她也懵然不知。小房子里倒是囤了一些米糕,可以让她吃一段日子。温伯打开斗金之前拿来的饼子盒,看到里面放着一些钞票,有零有整,大概有三千多块钱,这才知道他的意思。斗金的离开,在村里成了流播最快的消息,人们指责他,做丈夫的,怎么能一声不吭就走了呢?说到底是浪荡子、四大天王之一怎么可能真回头?唉,斗金家的女人真可怜。

娃娃满月一过,人们逐渐意识到斗金不会回来了,前去探望的女人们说,他家的粮食已经见底。女人们愿意帮疯女人做饭,教她打理家务和带孩子,可没有人敢掏自家的米给她,生怕一帮上就甩不掉。女人们不再称呼她疯女人,而是叫她——斗金家的女人,像是只要这么叫,这女人再怎么落魄也只是他斗金的女人,她的生活再穷酸苦辣,也只能是他家要面对的事,旁人没理由插手帮忙。

温伯是不得不插手的那一个。和生满月那天,温伯联系了斗金的母亲和哥哥,他们一听是斗金的事,就挂了电话,再拨过去也不接,像真是一刀两断了。他只好提请村支书,要给斗金家的女人申报困难户。村支书狐疑地看着他说，那得找他家男人来。温伯感到为难，他知道自己没这个本事，再说了，寡妇门前多是非，就算是那女人是疯的，那也不能靠近，他拿着三千多块钱，想还给斗金家的女人，却害怕被她撕坏了，或者被有贼心的人骗了去。他想，这恐怕也是斗金托付给他的原因。温伯终日唉声叹气，想不到好法子，下地的劲儿都泄了大半。

直到那天，娃娃的哭声响彻整个村，整一天没停，家家户户都知道斗金家的女人没奶水了。温伯没忍住，带去了两斤米糕，进门就看见斗金家的女人一脸着急，她指着在床上哇哇哭的和生，嘴大开，发出"饿"的声音。温伯的袋子还没打开，她就冲上来，从里面掏出米糕往自己嘴里塞。原先放弃她的女人们也凑上门来，为她庆幸，想着好歹有一个人站出来了。但她们看着温伯，眼神又有一些别的什么意味。温伯被看得不自在，只好无奈地说，好在斗金在砖厂给她留了三千多块钱，存在我这儿。他说得很大声，倒让人觉得此地无银。

尤其女人们一听，心里都在想，那怎么不早说有这笔钱？她们立刻在各自小圈子传播自己的看法了，全然失去了刚刚的怜情，其中一个狠辣的就说，我看估计是他自己贴给这女人的，这村里的老头子，谁没有个扒灰吃花茶的念头，只是怎么会沦落到吃她的花茶？

温伯很谨慎，每次他进斗金家，都会敞开大门，从不小声说话，好几次还把和生吓哭了；他也从不把两个灶合成一个，总是先帮斗金家的女人买菜做饭，看她吃完再回去煮自己的；他也从不久留，做完该做的活就走，有时也教给斗金家的女人一些家务活，但绝不沾手碰腰。有时她突然撩起衣服喂奶，温伯也会一下子脸红，撂下东西就跑出去；他一笔一画地记录所有的开支，不多沾一分钱。可即便这样谨慎小心，人们还是会说他，说他是表演，是献殷勤，是侵门踏户，是老牛想着吃嫩草。

传言是危险的，温伯的儿女很快就阻止了他，要把他接去城里住一段时间，他说放心不下田，他儿子却说，种到把人栽进去，能称几个钱？温伯又懊恼又无奈，然而在和庄村里，也没有任何人想管起这件事，他只好把账留在了村委会上，说等斗金回来再一一清算吧。温伯虽然离开了，但是并不代表传言就会失效。传言的危险不只是损人清誉,它更提供了一种想象、一种可能,和庄村里的浪荡男人们,很快发现了这种可能。

自从温伯去过,斗金女人的家门总是习惯敞开着。开始,有第一个男人说,他看到斗金家的女人在擦自己的背,她的身体很肥饶;然后有第二个男人说看见了斗金家的女人在喂奶,她的胸脯白得很,像刚蒸出来的米糕;接下去的男人说话就越来越下流了,但他们半真半假的话,总是能够相互补充,给疯女人的身体添加了情色的意味。终于,有色胆大的男人趁着夜黑,顺进了斗金家。

隔天,他也不失得意地跟自己的好弟兄描述了:斗金家的女人当时就坐在床上,见到不熟悉的人她很慌张,起先一直摇头,身子往后缩。我就去掀开她的衣服,摸了她软绵绵的胸。她就把手攒成蛇头样,往自己肚子钻挖,你能听到她轻声地喊饿。听她这么一说,我跑回家拿了两块玉米饼给她。她拿在手里喜滋滋的,几口就吃完了。这时我从身后抱住她,她身体就松弛了。

传说像瘟疫一样流传起来,但仅限于男人堆里,他们说,只要几块玉米饼,或者鱼干,就可以到斗金家去，和那个女人的肉白身体发生关系。那种白，在农家妇女身上是没有的，那是城市的颜色，去过城市的男人们都这么说。斗金家女人身体表面的白，带着独特的色泽，像瓷砖反射般光洁，摸上去明明是暖的，却有一种凉冷的感觉，这是奢侈的，尤其在和庄村里。她一定是从遥远的城市被斗金拐到和庄村来的，男人们急不可待，都想尝一尝新鲜。

斗金家的女人似乎也尝到了甜头，男人们流传说她变得聪明起来，佐证这一点的是，她开始从小房子走出来，在家门口喂奶，嘴里发出声响，像是有意诱惑，又像是母性驱使，这一点母性又显得她朴素，但对那些猴色的男人来说，是另一种诱惑。男人们从田上回来，会有意地经过她家门口，明明家不在一个方向的，也专门要绕着走一圈，他们一边走着，一边说起浪荡的话穗儿，平平的田水圆圆的螺，妹妹的胸前两头鹅，妹妹家门前水流过，哥哥的裆里起山坡。男人们虽然这样唱，但真敢摸进她家门的，也不过就四五个。

这四五个，并不都是老实人，当中一个叫魁庆的，少时赌钱被剁了手指的，在外面做工又因为手脚不干净被几家辞过，只好回到村里，种菜去镇上卖。一开始他来找斗金家的女人，还会带点菜心和薯，后来看她孤儿寡母两口，索性就空手来。斗金家的女人没收到东西，自然很生气地呜哇大叫，一不配合，就挨了魁庆的打。魁庆掐她脖子，也扇她耳光，红掌印立即在她的白脸蛋上发起来，和生哭了，他也不放她去安慰，女人有时真是急坏了，在他身下挣扎动弹，又少不了挨揍。直到有一次魁庆正在兴头上，她突然翻起白眼，眼皮跳动，频繁得像是巫婆落神，把魁庆吓趴了，尿了一地，再也不登她家的门了。

好在其他男人还算规矩，他们虽然过得辛苦，但在这事儿上却不吝啬，他们用米糕、糖饼子塞住女人的嘴，用鱼干的腥和辣熏塞她的喉头，以免她快活的声音太过响亮。和生不再没停息地哭，斗金家的女人也不再跑到街上喊"饿"，她的生活，眼见越来越有滋味了，天晴的时候，她像能把阳光吃进肚子一样，伸长嘴巴去咬，舌齿温温的，就算是咬到了；天阴的时候，她更会去等雨，一边等一边开口唱歌，唱的歌也没人能听懂，像是以前录音带里的流行歌，她唱给和生听，也不管他听得进去不，只是徒徒地唱。人们普遍认为，那是她疯癫之前学会的情歌，可见斗金说她小时候烧坏脑子，很可能并非实话。

和庄村的夫妻生活非常惨淡，男人们因工伤意外造成的残疾，遭到女人们的同情和嫌弃，她们不得不挑起生活的担子，变得更加果断和粗糙，而男人们愈发自卑，自卑在心里，也在床上。女人们很难察觉丈夫们在床上的失能，因为这不是一日两日的事了，而是从他们被城市逐出时就已经注定了。

女人们是通过家中物资的亏损，才逐渐明白了这一层勾当，在夫妻双全的人家当中，一些女人早就怀疑自己的丈夫不忠，只是万万没料到那一头是她，她凭什么？她们软硬兼施地拷问自家男人，但无论他们否认多少次，还是无法打消她们心里的疑虑。在这个问题上，她们变得敏感易泪，开始勤于计算家中收支。当斗金家的女人唱起歌，她们就妒恨，见不得她快乐了，按理说，疯女人是没有生活滋味可言的，她可以这样快乐，显然是已经不疯了，在和庄村里，能勾引男人的女人，是其他所有女人永久的劲敌。她们心里想，莫非我们还输给一个疯女人？她只不过是装疯卖傻而已，男人最吃这一套。

疯女人的传说再次被更改，她变成了一个颇有手段的狐狸精。她袒露在男人眼中喂奶的胸脯是明证，终日唱的淫词浪曲儿也十分确凿，她责无旁贷就是女人们厌恨的多情妖精，看着疯傻，其实厉害着呢。

女人们躁动不安，像是期待着一次集体抓奸，但谁都不希望会抓到自家男人，于是这事也没有人起头。她们只能在日常有意无意地挤兑她，比如踩她的脚、不搭她的话、在她的水缸里扔泥巴、把她刚学会支起的竹竿架推翻，再也没有人帮她一起绞挤衣服的水分。她需要花以前更多的力气生活，但她的确越来越像一个平常的女人，她很快就能在家门口支起竹条架，把各色的鱼干晾起来，鳜鱼的、鲤鱼的、鲫鱼的，涂姜末的、呛辣椒的、盐巴烤的，红的黄的像一张张炫耀的小旗子，仿佛在宣告，这都是你们男人的供品，我的战利品。女人们看见她门口杂色的鱼，心里发毛，觉得上面的某一条鱼和自家的鱼，怎么看怎么像。好色的男人们经过时，也一边假装漠然一边偷偷数，毕竟有几种鱼，她就至少有几个姘头,他们数得心里又恨又痒。

　　虽然什么大动静也没发生,可和庄村的人们相信,这日子是不会和平的。中秋节后,温伯从城里回来了。他拎着两头城里的大鱼去斗金家,当作最后的馈赠。他走到她家门口,看见女人正站在日头下,用小枝条摆弄挂着的鱼干,和生被她绑在背后,头上盖着蓝花巾子,耍呼呼的小手也玩着她的黑辫子。见到温伯,她也没有什么表情。温伯有点失落,但仍然把鱼放进屋里盆架上的搪瓷盆。

　　斗金家的女人踮着脚进了门,她把孩子放下来,塞进摇篮里。她看了看两头鱼,感到陌生,是呀,梯田水养不出这么大的鱼,简直像两只猫了。女人哼着曲儿,悠榻榻地躺上床,把鞋踩落,抓起衣角往上脱。温伯被她吓呆了,那样唐突,女人的上身就赤条条地暴露在他面前,她轻轻喊着,快,快。

　　温伯不敢看,他心里生出了羞耻感,这种羞耻感是热的,就像一股火苗丝丝地烧起来。温伯心里想,怎么她变成这样一个人了呢!他迈开步子想逃出这个房子,就像逃离火难一样,可一时走太急,他在门槛上摔了一跤，他身体里传来骨骼的脆响。接着，斗金家的女人温软而厚大的手掌，搀住了他的手臂，温伯不想竟然就这样被她捕获。没等他站起来，周围的人家已经过来张望，喏，那是一个老鳏夫，和一个疯女人。明明两个身体之间还是清白的，却已经蒙上了不可求证的暧昧。

温伯被送进镇上的卫生站，他的小腿被门槛刮去一大片皮肉，里面的骨头可能也有伤损。虽然已经走不动路了。但他总说，拿跌打酒搽搽就好，到了卫生站，大夫建议他还是得去城里拍个片看看。温伯的儿女又急又气说，爸，你也那么大个人了。这话听上去像是嗔怪他的不小心，但在温伯耳朵里，却别有另一层意思。他感到羞愧，实打实的羞愧，他感觉对不起祠堂里供奉的列祖列宗了。温伯离开了和庄村和梯田，他的儿女们决定轮流照顾他。

在村子里，女人们终于等到了一个好的契机，她们开始结集，大声地说起闲话，说这样的妖精留不得。她们抄起扁担、藤条和木头棍子，冲到斗金女人家里。当她们抄起家伙闯进门时，她吓得大喊了一声，蜷缩起身体，爬到床底下。女人们似乎很擅长这种猫追老鼠的游戏，没花多少工夫就将她从床底下拉了出来。女人们怒不可遏，她们骂着，你倒是把腿张开啊狐狸精。斗金女人身体瑟缩着，往墙角处挪动。说时迟那时快，有个女人带头拍下一扁担，紧跟着，其他女人都举起家伙，噼里啪啦地往她身上打。

结实地挨了一顿打，疯女人衣服散开了，白皙的身子遍体鳞伤。她嘴巴里流着血沫子，在乱棍中缓慢地爬坐起来。她的这股倔强让女人们更加愤怒，领头的一个朝她肩上踹了一脚。她歪了下身子，又坐直了。她用双手捂着脸，忽然之间，她摊开胳膊，拨开打向她的扁担和木棍。她抽泣着，朝女人们大声喊：你们凭什么不让我和他好？我就要嫁给刘尧！你们打死我吧，妈你打死我吧，就朝这儿打！她握紧拳头，放到自己的额头上。

看到这样的一幕，女人们停了手，她们没有想到，能从她疯女人的嘴里听到，她发疯的确凿证据。原来她是这么被家里逼疯的。她们相互递了眼神，一个接着一个，离开了小房子。她们失魂落魄地往自己的家走，路上有几个还在谈这件事。她们想往这件事里补充更多的细节。

打人的事平息后，过了不到一个月，外面的人传来消息说，斗金被捉了，判了十几年。村里人问起是犯的啥事，外面的人说，听说是参与了拐卖人口。村里人一听犯的是这个，就不再去过问了。

照外面的人那样说，斗金家的疯女人真的成了孤儿的寡母。人们一下子就觉得她变得可怜可惜，算是村里最惨的人之一。和庄村的女人们又恢复了良善，甚至比以前还更良善，家里每有闲饭剩菜的时候，她们就给她孤儿寡母送去，有时候丰盛起来，斗金家能吃得比谁家都好。令女人们惊奇的是，斗金家的女人竟然学会了不好意思，她开始也到别的女人家帮忙，她小活做得不够仔细，但力气活总能帮上忙。

和庄村像是恢复了和平，有时人们能看到，斗金家的女人带着孩子在晒鱼干。有时也会看到她独自坐在山口，不知是看向贵州还是云南。她到底是想念着斗金，还是那个叫刘尧的人，没有人知道。有的人说她看上去正常了，有的人则说，这样的事，难说。

鱼王祭

过去,人们并不了解仁海村,它位于小小的半岛上,半岛的形状古怪,像是土地向海洋伸出了一只婴儿手臂,而仁海村就在小拇指的指甲盖上,是不起眼中的不起眼,如果不是鱼王祭的话,它可能不会出现在地图上。

仁海村周遭的海域渔获微薄,村人定下渔禁,每到九月初六,是开海的日子,这一天得祭祀鱼王。仁海村的人们不祭祀妈祖,据他们说,这是妈娘不管的地方,过去海险浪恶,无数渔民一去不归,人们当然转投别的信仰。这才有了鱼王庙,镇上的人说,鱼王不保平安,只保佑你有鱼吃,饿不死。这是祖祖辈辈积累下来的清醒。

阿河在睡梦中使劲嘬了嘬母亲的乳头，却只吸进了空气，他睁开眼，发现床的另一半空空荡荡，心里有一点委屈，但他没有哭，这是他第一次忍住哭泣。人们常常讲，这是长大成人的标志，可放在阿河身上，这就很难作为标准。他已经在读小学了，仍然每天夜里风雨不动要妈妈陪着睡。他要吃奶，梦里很饿或者很恐怖，他总是这样说。

河妈在厨房煮胡萝卜玉米瘦肉汤，搭配上馒头，就是阿河的一顿早餐。阿河下了床，悄悄穿过厨房到客厅。他家的客厅被两大片铝板围出一个灰白的小房间，里面只放了张床垫，是给爸爸睡的。阿河的小手轻巧地旋转小铝房的门把，果然被反锁了。阿河索然地坐到饭桌上，河妈一看，就去捶铝板房的门："喂！好醒了！今日阿仔要去做童男，你好歹要载他去祠堂！"

开门的是别的女人，怯怯地说："他昨晚太累，叫不醒。"河妈低着头进去往男人腰间的肥肉掐上一把，男人才醒来，起个身也是骂骂咧咧的。河妈说了他几句就回到厨房里,那个女人她看都不看一眼。女人从铝门出来,阿河望着她披散着头发,蹑手蹑脚地走到玄关穿鞋。那是一双高跟鞋,阿河望着她把脚塞进去,手指扣着被脚后跟压折的鞋皮,又差点摔倒,女人抬头看见他,露出一丝狼狈的笑。

阿河心里想,也不比妈妈好看啊。那女人走后,男人才坐下来吃饭。他嘟囔着:"难得做休,还搞这事。"河妈说:"这个月的钱别忘了还我。"男人说:"给你就给你,说什么还,人家听到还以为我欠你的。"河妈放下筷子,直直看着这个名存实亡的丈夫,像是在说:"难道你不是欠我的?"男人也和她对视了一小会儿,不知道是因为理亏,还是不屑引起战斗,他示弱地低下头吃起馒头。河妈一脸得胜样,重新端起碗拿起筷子,把萝卜嚼出骨头的声响。他们已经吵不起来真正的架了,像是极度厌战后的和平,但骨子里的好战性情,又难免在生活里时隐时现,仿佛某种纪念仪式。这种场面,阿河见怪不怪。

男人把阿河载到祠堂,摩托车上仍然是那股血腥味。他每天都得骑车去县里,从肉联厂买来半头猪到档口上切割好，再送还没醒透的阿河去上学，阿河习惯这股味道，别人觉得腥，他却能一边闻着一边昏昏欲睡。男人怕他摔下车，常得大声喝醒他。得亏男人，阿河的肉身没有掉下来过，不过，他的灵魂却常常仿佛从迷梦坠回人间，而血腥的气息，正是两个世界之间的引子，阿河总觉得这味道，像极了母亲的乳头，所以他很生气，甚至暗暗希望自己掉下去一次。那样，男人会自责吗？阿河想了想，又觉得他不会。

村里的学生去镇上读书，只有阿河是坐在爸爸背后的，其他学生都是骑自行车上学。从父母手上替换下来的旧坐骑，成为少年郎们奔波人生最早的战友。他们成群结队，左突右奔在渔港、学校路和村里的集子上，整个仁海村都是他们的冒险乐园。他们争先好斗，假想自己是骑战马的将军，鞭子就用书包代替，反正里面是不装书册的，很轻。他们喜欢分帮派，大概已经形成了马杀帮和燕子飞两个阵营，只要一方落单，就会被对方的两架单车夹击逼停，当然也有独行侠，喜欢单打独斗，把别人一脚踢下车，最让人牙痒的是"老鼠"，专走阴招，布钉子或者放胎气，技术最好的人往往最险恶，专门弄坏对头的刹车，倒不是简单地把它拆掉或者捣坏，而是保持表面完好，仍能把里面的装置弄松乏了，造成的危险也最大，去年光是摔伤的就有三个，其中一个还严重脑震荡，差点被村人以为是落神，要送去做乩童。这些事情到最后都不知道是谁做的，少年郎们心里也没数，只知道对头派别的每一个，都可以是。这些年轻的男子汉们，当他们聚起来，在街上洪水般流窜时，他们的确是人们口中的"恶仔"、"早死仔"，但是，当他们分流般散回各家时，又是"心肝宝贝"、"乖仔孝子"，是父母宽大手掌轻抚下的"一分鲁莽九分良善"。

鱼王祭，是仁海村最热闹的时阵，人们常说，鱼王祭，赛初一。恶孩子们自然不会放过玩闹的好时机，纷纷脱去乖顺的衣服，骑上高头铁马，集成队伍在村里在镇上游荡，他们管这叫"逛花园"。这天，他们已经骑着车夹击了三个对手，算是不错的收获了，在冰水店门口，正找下一个目标时，他们看到了阿河。准确地说，其实是男人先指着他们，他和阿河正在等冰水店老伯把橘酸水舀起来，一勺勺地倒进塑料袋里——男人告诉阿河，你得像他们一样男子汉。

男子汉们是看不起阿河的，他们嘲笑他嘬奶仔。声音虽然不近，但阿河能听到。他看到男孩们的眼神、嘴型、动作里的模仿，嘴唇嘟成章鱼嘴翕动着。这一点，他自小敏锐，不管多远的画面与声音，都会被无限拉近与放大，就像是在他脚跟前发生。好在，一接过冰水店老伯的橘酸水，男人就箭一般地驶远。塑料袋里插着一根吸管，橘酸水阳光般的颜色在晃荡，冒出一股精确而廉价的化学香。一喝上，阿河就感觉不值得，不值得他刚刚闹着吵着要喝，那是耗费体力的表演，而且还需要一点控制，不能惹怒男人。阿河大概是觉得不够甜。他怀疑男人明明知道别人在嘲笑他，却没有出头骂回去，反让他的儿子独自经受这些，白瞎了他一身硕肉，还叫我跟他们学？他口腔的细胞只记忆了男人的残忍，辣辣的，痛感的。

男人把阿河交给了祠堂的老人们。

每年鱼王祭，村里得选一童男一童女献祭，这是约定俗成，仁海村以前的人们很会生孩子，女人像猪一样生，男人像狗一样劳作，命贱，反正总归要给天，给海,给鱼王收了去,给谁不是给呢。当然了,现今文明社会,早就破除了原先的做法,不会真的要小孩子的命了。既然不用命,这差事就变得吉利起来,加上村里几个读研究生的,恰巧都当过童男童女,怪不了人们多心思,传来传去,大家都认定,去拜文昌还不如去献鱼王祭。

河妈也是这么想的,大半个月前,她就拎着几块顶好的里脊肉和一袋排骨去叩村长家门,村长一见她就明白,说:"你家阿河是有点不聪明,听别人说像是自闭。"河妈听了不爽,也只能应声:"所以得您发慈悲心,救救他。"村长知道,以河妈的脾气,向来不求人,最忌讳别人说她的阿河,只要一说,不管好心坏意,她都会暴跳如雷,骂人祖宗。这次服软,更让村长好奇,她到底能把头低到多低?村长气定神闲地说:"这事很难办啊,阿菜狗给我下跪我都没答应他。"河妈一听,想了没一会儿,就解开自己衬衫上的纽扣,把村长吓得转过脸,忙说:"行了行了。"河妈得意地穿好衣服,说:"既然村长您说行,那我就谢谢您了。"

村长要求得杀一头猪作祭品,不然村里会说他俩的闲话。河妈答应了，转头告诉了男人。男人却很生气，倒不是生气她宽衣解带，而是他对神灵业报向来不信。他是杀猪的，一把杀猪刀，过了多少血，要说有业障，那他怎么还都还不清，他想，既然还不清，那不如干脆不信，免得担惊受怕，反倒把手艺吓生疏了，刀吓钝了。他说："白白送一头猪，不如拿这钱带阿河看医生呢！"河妈骂他："你疯了啊！阿河又没病，看什么医生！"

阿河当时正趴在一旁画龙画凤，但他耳朵支着呢。河妈看见他的笔停下来了又再动起来，就知道他听进去了。母子俩晚上睡觉时，阿河提起话头说："我不要去。"河妈说："很好玩的，为什么不去。"阿河无话。河妈又说："妈妈为了你吵架，好不容易才说服他，你要让妈妈失望吗？"阿河钻进河妈怀里，这是要睡觉的意思，河妈只好佯装发火说："不去我就不给你奶吃。"阿河这才眼汪汪地答应。过了好一会儿，河妈抓了他的手，引他握住自己的乳头。

祠堂外搭了棚，各色人等都在忙碌，有的在准备元宝蜡烛，有的在清点钱丁，有的架起了烧火灶，蒸发糕和米粿，孩子们管那叫做拜拜糕。乐队正在擦拭各自的看家兵器——金锃锃的唢呐、黄里透黑的笛管子、庞然的铜鎏边牛皮鼓，跳鱼王舞的男女们已经套上了竹纸罩，那是用大灯笼斜切了改制的，红蓝绿纸就着糨糊包贴住，两边接上轻纱，充当鱼鳍，两枚鱼眼睛是用毛笔画上的，跳舞的人套上去，就是一条条肥大的鱼。

村里的老人们穿着瑞服，坐在一旁喝茶，佐以黄色笑话，村长一边指挥一边也跟着笑两声，一见到阿河，就催他赶紧换衣服，又让男人记得把猪运到海边的祭桌上，吩咐他，猪头顶上得贴一张红纸剪出来的双喜，还要给猪的两腮涂成玫瑰红，嘴里得塞一颗大橘子，越大越好。男人应好，临走前又交代阿河："记得听话，你好好配合，别浪费了一头猪！"

摩托车的尾气黑扑扑地打来，草棚里化妆的女人们抱怨地骂了几声。阿河愣愣地任人摆布，穿上了绣着葫芦蝙蝠纹的祭服，还有艳粉亮绿的裙裾，活像一个唱戏的。阿河本想问点什么，但他没敢问，脸上被化妆师打上了很重的腮红，眉间也着了红点。他瞥见一旁有个同龄人,刚在穿衣服,那衣服和自己的不同,是水蓝色的长衫,小生模样。他转过脸来,因为妆还没上,阿河能认出来。

这人叫来水,也是出了名的痞仔。仁海村的孩子分帮派赛单车,往往有一个传统,叫"上了单车认了帮",只要对方不在单车上,你就不能骑车追赶,也不能用帮派的名义冲斗。来水属于燕子飞,他在单车上属于燕子飞,下了单车也属于燕子飞。因为他是组织的核心人物,但又不是最核心的,他是用脑的那种,出计策、使坏心眼的那种,是霸王旁边的军师。他看上去猴瘦猴瘦的,高也只有中等高,显然仗不了身形欺负人。

来水比阿河大一岁,但因为留级,所以两人在一个年级。来水成绩不算很差,时不时还能考上领先榜,老师因而也不轻视他,觉得他还有救,比他的"兄弟们"要强。也是因为这样,他常常是居中调停的那一个,要是欺负别人狠了,引起家长来学校投诉,他就得出头。学校里的人都知道他留级,是出于兄弟义气,他的兄弟叫燕标,是燕子飞的头头,打架又加上成绩不好,只好留级。来水不服处分,势要跟着燕标上课,他家长估计也是因为这一点，才送他来做童男童女。

阿河在学校里见到他们，向来都得低着头，他鄙视来水，但又实在没有别的本事。来水看见阿河，就指着他，问化妆的人："他是童女？"什么？阿河没听明白，又或者是一下不敢相信，却瞥到化妆师拿起一顶可爱的假发，要套在他头上，这才意识到，自己原来不是做童男，而是要乔装打扮做童女。这在过去也不是没发生过，毕竟女孩子叛逆的总比男孩子少，家长们又硬要塞自家儿子做童男，一年就一个名额，没办法，只好想出这样通融的手段。

看似皆大欢喜，但落到个人身上，又不尽然。好比阿河，他心里一下就难受起来，觉得被人出卖了，况且这人还是自己的母亲，那可是他最后的庇护港，为什么她要这样做呢？但阿河没有挣扎，只是对周遭的一切不再好奇地张看，绝望地瘫在那里，倒有点破罐破摔的意思了。他试图清空大脑，不再去想，但委屈像是怎么扫也扫不尽，这些尖锐而零碎的情绪包围着他，动辄就割出透明的泪水来。化妆师笑了一声，说，怎么啦？弄疼你啦？她还没来得及转身拿纸巾给他擦眼泪，来水已经捏了几张递过来。

阿河警惕地看着他，来水却笑着说："你哭什么啊？这不挺好看的么？像哪吒。"来水在自己头上比划着两个球，阿河看着，想笑又笑不了，刚刚才流目汁没一会儿就笑，多没面子呀！阿河没有回应他，想让他知尴尬而退。来水只好回到自己的位置，阿河向化妆师要镜子，化妆师不客气地说，你别看了，别待会又想哭，把妆哭花了。阿河受了挫折，又止不住目汁来，仿佛他就是目汁做的一样。

化妆师看着，心想这日子，老是哭唧唧的，多不吉利，也佯作发火说："你哭吧，哭饱了我再给你补妆。"仍然止不住，化妆师就说："你是目汁精咩？"来水听了直皱眉，的确，阿河的妆容很浓丽，化妆师落手不知轻重，在孩子的脸上画硬把哪吒化成妲己。来水大声跟化妆师说："我要上一样的妆。好看。"化妆师见坡下驴，说："你看，人家也要画呢。"阿河听出来水这话的善意，心里稍稍好些，但他又怀疑地打量着来水，怎么好像变了一个人似的？他在学校里可是横着走的。这一点怀疑，就像开了一个口子，一个可以让种子撑破、生长的口子。

阿河凑到来水跟前，看他受妆，粉饼在他脸上拍打着，就像一只强壮的蝴蝶。来水时不时做鬼脸回应他，瞪眼睛，吐舌头，又假装舌头沾到了粉，要咳嗽要干呕，把戏很多，惹得化妆师发了脾气，连叫他老实点坐好，他又假装挨到批评教训，很委屈地瘪了嘴巴，他脸上的妆容确实不太好看，做了鬼脸就更丑，阿河自然被他逗笑了，两人就像镜子两头一样，一样丑的妆容，一样笑得收敛又坦诚，不知不觉，阿河也就忘了刚才的沮丧。

等阿河补妆，来水又故意挠他笑，好不容易两人收拾妥当了，就被村长叫进去祠堂。来水比阿河高一点，很顺手就牵起他的手，就像一个哥哥牵起自己的弟弟妹妹一样，那么理所应当。阿河有些不习惯，他从不太和陌生人亲近，好像人人都有的友谊，对他而言也是不重要的。阿河不理别人，别人也不见得理他，他个子又不高，在课室里虽然坐的是第二排，但好像他只要去哪里坐着，哪里就是角落，跟仁海村一样，是不起眼里的不起眼。"文静"，就已经是教师期末评语里给他最溢美的词汇了。

以前,阿河也被欺负过,不过他没有什么韧性,只知道哭,自然激发不起挑战的欲望,男孩子们总要找个称职的对手。而且,他徒有一个凶狠出了名的妈,只要他被欺负了,河妈就会陪他上学校,冲到课室上指认,甚至找到对方的家,往门口或者单车筐里扔垃圾,或者把猪大肠里掏出来的脏东西,倒在单车的座位上。恶男孩们算算,欺负一个弱鸡出不了名声,还得被河妈报复,真不抵算。有了这一层避忌,阿河就更不受理睬了,像是被所有人遮蔽掉一样,无论哪个帮派,都无意把他吸纳进去,更坐实了人们的传言——他是自闭症。

阿河的手被轻轻地抓着,当然不习惯了。但这不习惯,又是热软的,像久阴的天里忽然劈开的一道暖光,并不算难接受,甚至还很微妙地,在他心里煨出一丝快乐,这一丝快乐太轻盈,连他自己也很难分辨出,里头有没有别的成分。

村长把两人叫来,问他们,上年鱼王祭有去吗?阿河看了来水一眼,像是等他一齐点头,来水就说:"我们有去。"村长交给两人一人一双鞋,说:"这里两双鞋，你们一人一双，到了海里，把它们扔掉就可以啦，一定要记得扔掉啊，不然鱼王爷就把你们吃喽。"阿河才不信，倒是来水很配合，乖巧地点头说："我们会记得的。"

等村长一走，两人拆开包装，阿河的那双布鞋是粉色的，上面还有亮珠片，排得像鱼鳞一样。他看了来水那双，蓝紫色的，只是绣了双鱼纹。显然都不好看，只是非要让阿河选，他也一定会选蓝色那双。他不喜欢粉色，来水看出来了，就问他："要不我跟你换吧。"阿河一下子又有些感激，但他打量了自己身上的衣服，明显和这双鞋是配好的一套。来水看阿河低着头不说话，就轻轻地撞了他的肩膀，说："怎么了，不愿意啊？你怎么这么小气啊？我就喜欢这个颜色。"阿河不好意思了，他能感知到，明明来水是在迁就他，如果自己有礼貌的话，应该委婉地回绝，可他说出口的却是："换了这衫裤……又不搭。"

来水也愣了，站起来看着自己的衣服转了一下，说："那要不……我跟你换全套！你当童女，我当童……呸呸……我当童女，你当童男。"没等阿河应下来，来水已经找了个大人，说要换衣服，阿河也起了身，其实他原本也不抱希望。恰巧化妆师就在一边吃早餐，一边说："不准换，待会把妆弄花了，把衣服也给弄脏了，多麻烦！别换了啊，好好把鞋穿起来。"来水本来想坚持，但阿河扯了扯他的袖子，说："没事，不给换就不换，我们去外面玩。"来水牵起他的手说："好。"

鱼王祭在海边的鱼王庙前举行，八宝塔有三层高，塔前是五根两米多高的黄表金龙香，像兵器一样朝天耸立着。村长领着宗老进庙上香祭拜，来水和阿河也跟着进去，听祭令人喊着跪、拜、兴，他们跟随指令跪下来，磕头，再起身。另一个祭坛在海滩上，庙里的仪式一结束，八个年轻的壮小伙就把神像从庙里抬出来，架到海滩上的大舞台，舞台上面摆着三只八仙桌，桌上有猪牛羊三牲口，嘴里都含着系上红布条的橘子，八仙桌下面是六张小桌，摆着时令水果、糖饼发糕、鸡鸭鹅肉和香草树药。仁海村的人们挨挨挤挤，像浪潮一样迭着堆着，谁也不肯让谁一时，等跳鱼王舞的人出来，他们又自觉地让出一大块沙滩，乐师吹拉弹唱，唢呐哔地一声震天响，把海浪声、鸥叫声、人群里的抱怨声、踩痛声、孩子哭闹声，尽数都盖过去了。

阿河和来水跟着大人们也上了台，他们要坐在中间剩下的两只空桌上，阿河紧张死了，好在来水牵着他，但他依然不敢往舞台下看，他一直低着头，爬上空桌盘着腿坐好。底下的人在笑，阿河能听到，他不经意抬头看了一眼，是的，都在笑，有的掩嘴，有的不掩嘴，还指给自家孩子看："你看你看，哈哈哈，他不是男的么？"来水本想给他鼓鼓劲，但他也看到自己的伙伴，燕标，和燕子飞的人，大概五六个的样子，他们骑着单车，也许在沙滩上骑得很慢，他们远远地就停下来。嗯，他们也在笑。来水看了看阿河，怕他害怕会哭，却发现阿河正回头望着那头猪。阿河知道，那头猪是自己家出钱宰的，它粗糙的一排牙齿咧开着，明明是死相，却硬生生像是在笑，太可怜了。阿河又看了看羊和牛，苍蝇嗡嗡地在巨兽的身体上或飞或停，阿河心里有种说不上来的悲伤，好像不敢相信，喜庆的事也会如此残忍。

村长念了祭祀文，鱼王舞又出来跳了一场，跳完，他们顶着鱼灯笼，上台把来水和阿河牵到海边的草筏子上，草筏子是用竹子和一种洗过的韧草编起来的，编得很松，在海浪里撑不了太久，也只有在祭祀上，才会追求脆弱。根据仪典的流程，鱼舞人把来水和阿河抱上草筏子，顺着浪水推，推到海水稍稍平静的地方，

天空像蓝色的草原，无垠无边，水在背下轻柔地晃荡着，时间就像被悬置了一样，感觉过了很久。此时浪不大，他们平躺在筏子上，比海水更平静。阿河突然问来水："真的有吗？"来水疑惑地问："真的有什么？"阿河说："那个。"

来水问："哪个？"阿河说："鱼王。"

来水说："那当然！"阿河说："难怪你那么听村长的话，我可不信。"

"你不信？我看你很害怕。"

"你才害怕呢。"

"行行行，你不害怕。"来水见他别过脸去，又说，"怕还不认。"

两人沉默了一会儿，阿河侧过脸看着来水，来水也

看他,还向他伸出手。阿河没有接过去。他问来水:"你为什么对我这么好?"来水一下泻了劲说:"好么?不知道。看你哭,就觉得你挺胆小的,像个女孩子一样。"阿河没说话,只感到一只不大的手放在了自己的肩膀上,那和妈妈的手,好不一样啊。"我们一起坐起来吧,别把船弄翻了。"来水指着不远处两艘救援船说,"你看多好,就剩我们俩。"

阿河点了点头,却说:"我没看到我妈妈。"来水沉默了一会儿,说:"有我呢,你想你妈妈干吗?"阿河问他:"你也是你妈送你来的?"来水说:"是啊,她嫌我烦,你呢?"阿河说:"他们说我自闭……其实我不会。"来水说:"我看你也不会。"阿河怀疑地说:"你知道自闭?""嘿嘿,不知道。"来水一边说,一边挠了挠头。

草筏子摇荡了一下。

来水把鞋子脱下来,阿河也跟着脱下来。来水自言自语地问:"这船怎么还不沉?"两人下半身的衣服都已经湿了,阿河打量着衣服,也打量着草筏子,只抠下一点草屑。来水忽然捞起一点海水泼阿河,阿河眯起眼睛,抿了抿嘴唇上的海水,咸咸的,他没有反击,只是傻笑,好像击中他的不是海水,而是别的什么发甜的东西。来水觉得没意思,就拢着鞋子说:"你看,像不像跋杯?我们来问鱼王问题,如果摔出来是圣杯,一正一反,那就是可以,要是两个都正或者都反,那就不可以,我们来玩。"

换作原来的阿河,肯定会觉得无聊,但不知道为什么,或许是和来水在一起,哪怕是顶无聊的事,他都觉得挺有意思的。来水说:"你跟着我说,我说一句你说一句。"阿河点了点头。

"皇天在上,仁海村来水。""皇天在上,仁海村来水。"

"不是啦,来水是我名字,你得用你自己的名字。""我叫阿河。"

"那就皇天在上,仁海村阿河。""皇天在上,仁海村阿河。"

"今天求鱼王启示好坏。"阿河照读,看见来水又默默地念着什么,他也跟着很小声地问了鱼王问题。问完问题,他把鞋子抛向空中,只可惜一只掉进海里。阿河有点失落,来水安慰他:"没事,要不我的给你。"阿河拒绝了,眼睛里又莹莹地闪出一点不甘。"你别哭,我来问个问题。皇天在上,仁海村来水,今天,求鱼王启示好坏。"来水提高了声量,时不时瞄向阿河,倒像是问给他听的。阿河专注地看着来水和他手上的鞋子,来水大喊:"来水和阿河,能不能做好朋友。"来水把鞋子抛得高高的,阿河也抬头去望,蓝天里两只蓝色的鞋变成黑色,像两只越出海面的海豚或者鲸。草筏子一下巨幅震荡,在海水还没淹过他的鼻息之前,阿河明显地感知到,唇脸之间,被人猛烈地亲了一口。

他们很快靠着本能和海边人的水性,在海水里浮游,分别被不同的救生船捞起来。阿河有些呆,也有点迷糊,不知道那是真实发生的,还是某种幻觉。他能记得那新鲜的气味,既不是奶,也不是血,更不是海水,它比海水更早到来。他也不敢望向来水,尽管他知道,来水在看他,在打量他。这种不确定又在距离之外,给了阿河一丝确凿的感觉,如果来水没有亲,那他肯定会站起来,和他挥手。毕竟他是那样活泼。

上了岸,他发着抖,人们都笑着说他被鱼王吓坏了,一些家长教示自己孩子说:"你看,你要是不好好读书,不听话,就得去喂鱼王。"只有阿河自己心里清楚,令他感到惶恐的不是海,也不是鱼王。好怪。回到草棚,他没有再跟来水对话,只顾着自己换衣服,化妆师给他倒了一杯热水,说:"你爸来接你啦。"阿河喝了两口,见到来水换好衣服,向他走来,心脏怦怦直跳,太不舒服了。是男人的摩托车喇叭声打救了他,阿河没有看来水一眼——他告别的手臂还悬在半空,阿河就已经离开了鱼王祭。

夜里,阿河睡不着觉,即便嚼着河妈的乳头,他也睡不着,像是在草筏子上翻过去,又翻过来,乳头上只有海腥味。他脸红了,这脸红连带着毛孔,像是催促着胡须第一次生长,像是身体里有一尾鱼要游向体外,变得成熟、坚硬。人也被分成两半,心理的一半恐惧,身体的那一半快乐,阿河甚至怀疑,是不是鱼王上了他的身?为什么来水那张黑黢黢的脸,和那口白牙,总在自己脑海中挥之不去。

隔天,阿河照例去上学。同学们都在说他女扮男装。班上嘴贱的男生,也故意跑到他面前,扮演一副化妆的样子,在手背上点一下,在脸上拍一下,然后夸张地拿起镜子照,说:"我真美,我可是童女。"阿河不在乎这些,一下课他就去来水的班门口,想和他说会儿话,却没有看到他,反而是他们班上的人,喊着:"哇,童女来了,来找童男了。"阿河落荒而逃,他只能四处去碰,看能不能遇到来水,其实他心里也不清楚,究竟要说点什么,但总有股力量在驱动着他。

可惜一直徒劳无功,无论是楼梯间、厕所还是食堂,阿河都没有找到他。阿河挺失望的,是不是他在躲着自己呢?最后一堂体育课的时候,反而是来水跑到球场上找他,跟他说放学一起走。说完来水就走了,他还是那么活泼。班上的人起哄说:"鱼王做媒人喽。"阿河的心情没有被影响,他很高兴,高兴了一节课,但如果非要说有点不安,那肯定是因为来水,他的笑容虽然依然灿烂,但底子似乎又有点忧郁,像是被自己伤害了。阿河难免感到自责。

放学了,阿河没有等男人的摩托车来接,而是坐上了来水的单车。来水指着后轮上加装的脚踏,说:"你踩着这里,可以站起来。"丝毫不提鱼王祭上的事。阿河站着,有点害怕,来水说:"抓紧了。"阿河抓住来水的肩膀惊呼一声，很快又调试过来，迎着风，任由来水载着他去往海边。来水喊："你闭上眼睛。"阿河喊："我不敢。"来水喊："你试试！"

阿河将闭不闭，又喊："我还是不敢。"来水听了就笑，阿河也笑，他嗅着风，风中没有奶与血的味道。只是还没到海边，他们就被燕子飞的人拦下来了，带头的是燕标。来水停下车，叫阿河下来。燕标说："水，你怎么跟他一起玩了？"来水没有说话，燕标又说："你该不会昨天看他变成女的就喜欢上他了吧？"来水一边笑着说："神经病，"一边招呼着，"走啊，吃冰去。"燕标说："我说嘛，你肯定不会喜欢神经病。"

来水看了阿河一眼。阿河有点伤心，但他不过低着头，自己转身走了。

燕标喊他："喂，我们还没走，你先走啊？这么嚣啊？"燕子飞的人围住他，拉扯他的书包带，阿河照旧不说话，在燕标看来就是一种对抗。来水只是观望着，像是不知道帮谁好，直到有人推倒阿河，他才说了句："搞他做什么，一个不会说话的。丢人不？走啦！"来水走过来，推开一看，阿河正恶狠狠地瞪着燕标，也瞪着他。燕标上了火气,说:"你说放过他?谁敢这么瞪我!他妈的。"

燕标踢了阿河一脚,又像是邀请一样地看向来水。来水看向燕子飞的其他人,他们也坚定地看着他。来水咬咬牙,抬起了脚……阿河倒是不敢相信,来水真的会狠心踢他,任由燕子飞的恶孩子围起来打他,可是一只只鞋子分明踩在他身上,就像鱼群在冲撞。不是说要做好朋友吗?哦,原来这就是友谊的样子。

阿河身上挨疼,眼神却只盯着来水,嘴里念着数字,计算着来水踢了第二脚、第三脚、第四脚……

"够了,走吧。他妈恶得要死。"来水看了燕标一眼,打平单车的脚架,骑上去。车队的人也纷纷上车,他们像一艘艘电艇,往道路尽头飞快地驰去。来水一个回头都没有。

阿河目不转睛地往远处盯着,仿佛要盯出目汁。

他慢慢转过头,望向大海。过了鱼王祭,仁海村的渔民已经出去撒网捕鱼,港口变得干净、简洁起来。阿河没有哭泣。他只是失落,好像有一头巨鱼在体内苏醒又死去,终究沉到海底。

阿河静静坐了一会儿，直到夜幕降临，天和海逐渐被吞并，海风起得更大了，一些鸟在天边飞，像是在游戏一样。他起身，小跑着回了学校，这条快乐、轻滑的路，现在要一个人走，真难堪。

阿河跑到校门口附近，男人正坐在摩托车上，骂他："去哪里疯了？等你多久你知无？"见他衣服上的污迹和脸上的瘀痕，男人又问："打架输了赢了？"他的声音变得柔和起来。阿河没有回答，沉默了一会儿，心里迟滞地想到，那你和妈谁输了？谁赢了？男人撩起阿河的衣服，想要验伤，阿河不让，但拗不过男人。他听见男人自豪地说："你终于会打架了。"

回到家，河妈焦急地问他："究竟是谁打你的？"男人说："会打架不好么？起码正常了。"河妈举起手，像是要扇男人一巴掌，男人躲开，举起一根手指，说："一只猪。一只猪。"像是在提醒她，如果你也不是要阿河正常，何必这样耗费，就为了让他做童男童女呢？

阿河从饭桌边离开，去地上画画。河妈也就不再问，索性坐下来吃自己的饭，吃着吃着，她的目汁流了下来，那大概也是海的味道。阿河没有望向母亲，他只是画出一双鞋，粉的，又画出另一双鞋，蓝的。

夜里，阿河已经上床睡觉，听见男人又骑摩托出去。嗯，他又去接那个女人。他怀念起那天，湛蓝的天空和海水，荡漾的草筏子，他曾把鞋抛上空中，问鱼王，爸妈会不会好起来？到底一个陌生人对另一个人好，是什么意思，又会是什么好法？阿河正想着，河妈就进了房间，将上衣脱了，露出他熟悉的乳房。她问："今天你哭了吗？"

阿河摇了摇头。河妈搂着他，拍了拍他的头，"告诉妈妈可以吗？是谁欺负你？"阿河沉默。

"不说不给你奶喝。"阿河没有犹豫就背过身去。河妈抓过他的肩，阿河仍然不说，也不凑近那对乳头。两人就像是冷战一样，不再开口说话。阿河睡不着，就数着一脚……两脚……三脚，想到身体颤抖，头皮阵阵地发麻，却安慰着自己，没事，再多数几次就好了。

这个晚上，阿河第一次没有吃奶，也没有流泪。他盘算着明天要去拔掉一辆单车的气阀，其实他很擅长，他曾经无数次对男人的摩托车，也这样做过。

走仔

下午五点四十，南中国的太阳还没有疲态，明晃晃的，阳光在写字楼的玻璃墙之间互相照射。从城中心，坐上羊城地铁二号线，一路经过东晓南、南洲、南浦，才能抵达广州南站。这个月，吴文霞已经是第二次来南站——这次她不得不回家了。她的家，就在几百公里外的一个小城。

人们提起小城，就会说起小城的男人做生意厉害，而女人，则出了名的"贤惠"，人们都说这里的女子最值得娶。吴文霞的母亲本不是小城的，她是嫁过来的，也早就听说小城的女人"贤惠"，男人吃完饭，女人才可以上桌。好在她聪明，学得很快，勤力做家事，时不时去接些工来做——刺绣绞花样——这也是传统女人的手艺活。终于熬到公公婆婆去世，吴文霞的母亲又开了一间小铺头，生意日渐盛隆。没几年，吴文霞的父亲发现自己挣得还没老婆多，索性放了原来的生意——夫妻同心，把铺头做成了门店，门店又开了分店。女人们夸她御夫有术。吴文霞的母亲劳累了半世，直到身体吃不消了，才决定退居二线，把生意交给丈夫管理。女人们又夸她急流勇退，担得起"贤惠"二字。

即便勤劳聪明，小城的女人都是要生儿育女的，这是女人们的正职。吴文霞的母亲就生了三个孩子。吴文霞是家中的老二，有一个姐姐大她五岁，还有一个弟弟，小她一岁。父母给他们点数的时候，她就是"一二三"里的"二"。二，是个中间数，不首也不尾。

小时候，吴文霞的母亲一边做生意，一边还要带孩子。有时被三个孩子闹烦了，就会拿一包糖让他们自己去分掉。通常，大姐都会带头把糖倒在桌子上，均分成三份，一人一份，要是刚刚好分完，那就天下太平，各自把糖藏好——最烦的是多出一颗来。这时，母亲才会出面做主，不过也是一头埋着，手指噼里啪啦敲打计算器，眼睛都不抬一下，说："给老大吧，她最大，她带你们，最辛苦了"；又或者会说："给弟弟吧，他最小了，你们要疼他。"

每一次，吴文霞都期待着，母亲能不能有一次说，分给老二吧——老二嘛，老二总归是……总归是……总归是什么呢？

什么呢？

其实吴文霞就是想听这个，母亲究竟会怎么描述我呢？

吴文霞真正要的，其实不是那颗糖。有时候分糖分到最后，还剩下两颗糖，大姐就会说，那我不要了，给弟弟妹妹吧。母亲就会夸她乖、懂事、有做姐姐的样子，然后从棒棒糖的架子上，拔下一根彩色包装的糖给她。吴文霞心里就不大开心，但身为老二，就是这样吧，连奉献的机会都没有。好在，糖还是够甜的，吴文霞嘬了嘬糖果，心情一下子也就好了。可偏偏，就这么一刹那的不开心，还是被母亲在百忙之中瞥见了，那就落下了一个容易嫉妒的"性格"，更得不到人疼爱了。

在她的少女时期，她经常躺在鸭仔铺上层，背下的床板被弟弟的脚蹬着,怎么说他他都不听,骂也骂得没意思了,只好皱着眉头望着天花板,想东想西:唉,大姐嘛,大我五岁,好歹也被爸妈疼了五年,而我只被疼了一年,弟弟就出生了,唉。而且那一年,又是襁褓里无知无觉的一年,什么记忆也留不下来的——我真的有如珠如宝地被疼爱过吗?

过了一会儿,弟弟也就踢累了,他喘息的声音很重,还有股汗臭味。吴文霞不断说服自己,这种恶心感是生理性的,而不是心理性的。从弟弟的呼吸,她又思考起来:雄性生物对氧气的消耗是否更大?世界为什么要创造雄性生物?恢复平静的床,没能使她更快入睡,反而让她想到了一些藏在身体隐幽处的问题,一想就想到夜深时分。

天色慢慢沉降下来,广州南站人海茫茫。吴文霞坐在一群孩子中间,大约有四五个,看他们踩在凳子上吵闹,在他们旁边,有个肤色黝黑的女人坐在蓝白红条纹的尼龙袋上,看来是孩子们的家长。她一脸疲惫,似乎快要睡着了,直到一个男人靠近过来,她才强打精神说一句:"怎么去那么久?"听上去也是小城的方言。那个男人含糊地回答她:"抽烟嘛。"女人骂道:"抽烟!抽烟!就知道抽烟!"

几个孩子还在四周野玩,女人已经挨了男人一巴掌,一缕头发垂到额前。吴文霞不忍看下去,只好把脸转向一边,检票处上方的灯牌显示,自己那趟车已经从"等候列车"变成"正在检票"。女人、男人、孩子们一窝蜂地挤往检票处,好像刚刚什么事都没发生。等检票口把人龙慢慢地吃掉,吴文霞才站起身来,拖着行李箱排队进站。

吴文霞想起大半个月前,她也曾站在这里送走母亲。那天,她把母亲送进检票口,就在那一刻,她胸中一口郁气终于被吐出来,就像一个蓄满的水库终于放了闸。可是,也就在那一刻,母亲竟然问检票员说:"我走仔[1]不能进来送我吗?"检票员面无表情地说:"不行。"

吴文霞说:"回去吧,到了告诉我。"母亲的眼红红的,但只是缩了缩鼻头,转过身的时候,手背一把抹过

---

[1] 走仔:小城方言词汇,意为"女儿","走"单字意思是"跑","仔"单字意思是"儿子"。

了眼睛，虽然她没有发出声音来，但是吴文霞知道，母亲哭了。

车开动了，滚动更新的数字，逐渐加快抛离的窗景，意味着列车不停在提速，而人的感觉就因此显得迟滞、落后。看向窗外，行进的列车，好像与整个世界都保持平行，似乎它本身就是地平线——只要不往深处看去，没人会发现绵长的车身已经弯转了。

以前读大学的时候，吴文霞回一趟家，坐高速大巴，要花上七个小时，一旦放大假，尤其是清明，省港的人纷纷回家乡祭祖，那一条高速公路，从头塞到尾，十几个小时都是要的。可如今，列车的时刻表清清楚楚，一程下来，满打满算也只要花两部电影的时间。高铁开通那天，小城在外务工经商的人都欢欣不已，只有吴文霞心里想：唉，以后不回家的借口又少了一个。

吴文霞已经二十六了，去年过年家族聚会的时候，她成了亲戚长辈们的靶子。坐她身旁的姑姑牵着她的手，说女人要趁早生孩子；堂弟媳说，我有一个表哥还没结婚，要不认识看看；喝醉了的堂哥在桌上一边抽烟，一边喊着："早就可以嫁了！"吴文霞一边应付着，眼珠却飘向母亲，以前母亲都会帮忙打圆场说："她就是不着急，我又有什么办法呢？"可那年她没有。她背过脸去，说了一句："你要是不结婚，等你弟弟读完研究生怎么办？总不能他比你还早结婚吧？多不好看啊。"

吴文霞坐在椅子上，就好像坐在受审席上。她只好笑嘻嘻地对着弟弟说："你自己想好了就结，也不用管我的。"弟弟尴尬地笑了笑，说："还没呢。"母亲却对他大喊："什么还没！我找人算过的，你是二十六结婚最好，你姐二十二岁就早该嫁人了。"母亲说着，竟然瞥了吴文霞一个白眼，又朝着她说："现在好了，当初让你嫁，你死活不嫁！你看你今年还不赶紧结婚，你看！是不是影响你弟弟结婚了！"亲戚们看她有点激动了，就开始打哈哈，吴文霞也不看母亲，只是跑去包厢的厕所洗了个手，回到餐桌上，男人们又聊起了生意上的事，女人们在交换孩子们学校的信息。一切又好像都没有发生过，生活总归是要继续的。

在列车上待了两个多小时后，吴文霞从小城的车站出来，吴文霞坐上了接驳大巴，一路下来她其实很困，但就是睡不下。那天送走母亲后，大约过了一个礼拜，父亲就打来说:"你母亲去医院检查,说是子宫有问题,你什么时候回来?"吴文霞问:"是什么问题?什么时候的事?"父亲的语气很冷淡,说:"上周查的,这周复查出来,是子宫肌瘤,可能要做微创,不会太严重,但你要来看你妈,免得别人说闲话。"

吴文霞听着,却对父亲的话感到很不爽气,什么叫别人说闲话!她是我妈,我当然要回去的!别人说不说闲话我都要回去的!好嘛,上周查的,这周才来告诉我!你有当我是这个家的人吗!气愤的话能有一肚子,说出来的,却只有一个"好"字。

一到小城的城区,吴文霞径直打车去了妇科医院。医院里的过道塞满了床位,时不时有几声痛苦的呻吟响起。在找病房的时候,吴文霞恰好看到了父亲,他从病房出来打水,两人四目相对。父亲眼里有着几分怒色,像是在埋怨她——为何这么晚才来?假有那么难请吗?直到看见她巨大的行李箱和干瘦的手臂,他皱眉下的那股愠怒才勉强消去。他们没有对话。文霞把行李箱搁在过道上,她听到母亲在病房里的笑声,她应该正在和隔壁床聊天。她推开门,母亲看到她,说:"回来啦。"

"是的，回来了。"

吴文霞大学毕业后，就留在广州找工作，父亲一开始不在意，让她在外面试个一两年后，再回家找个老实的本地人结婚。可吴文霞这一试，就是四五年，文霞从一家广告公司跳槽到一家会展策划的公关公司，在父母看来，总归都是抛头露面的工作。父亲经常说："你一个女孩子在外面，喝酒应酬怎么办！"吴文霞就回他："反正我也生得不好看，没有人会对你走仔动心思的！"吴文霞每次都是这样生硬地搪塞过去，好在也没出什么事。末了几次，父亲和她辩不过，就说："你还听你爸的话么！我还是你爸么！"吴文霞只好沉默以对，但她也没有丝毫退让。自此之后，父亲也就不再说她了。

吴文霞坐在母亲的病床边，她的头发散开，脸色微红，是那种睡多了的红。吴文霞问："还好吗？""还好，你爸照顾得好。"母亲牵着文霞的手，准确地说，是摸着文霞的无名指。母亲还时不时用自己的婚戒，磨蹭到文霞指节背面上微微的绒毛。文霞一脸平静，说："医生允许你戴戒指吗？"

母亲顾着夸父亲对自己无微不至，突然被女儿打断,有点不大开心,但也只是喘了口气,说:"还不是戴给你爸看的。"她拉过文霞凑近自己,轻声地说:"我不是一开始就跟你爸说,我不做手术吗?做手术,得要把我的子宫摘掉。我没有子宫了,我怕你爸嫌弃我。"

吴文霞一边听着,一边看到母亲眼睛里的泪水,只好握了握她的手。母亲抹掉了眼泪,说:"我让他得在你们做子女的面前答应我,将来不嫌弃我,我才做手术。"母亲突然把哭腔收住,文霞往身后一看,是父亲把水打好了。母亲眯着眼睛,对她点了点头,像是两人已经立下了某种密约。

吴文霞不知道母亲是想到了什么才流泪,自从她不再管生意,她的泪腺好像就变得发达了起来。吴文霞看到母亲脸上的斑,比以前多了,颜色也深了。医生说母亲的子宫长满了一粒粒,小小的瘤。这个以前孕育过她们姊弟三人的温床,现在已经被别的恶物占领。母亲老了,病了。她没有丑过,或者说,她也没有美过。

文霞只是觉得可惜,母亲本是个充满活力的女人,说得实在点,就是那种是闲不下来的女人,她总说,人一闲,就要生病的。大姐远嫁福建,孩子不用母亲帮忙带；弟弟也在外省上大学读研，一个月也没一个电话来，是想操心也操心不到。母亲闲腻了，拍腿就说要来广州看文霞，照料她一段时间，给她煲点汤喝。吴文霞在电话里一口回绝了，母亲却只是说："那是为什么？"没有等文霞回复，她又一个劲地说她已经想好了要做什么汤，什么咸菜煮猪肚，橄榄炖猪肺，鱼胶可以滋阴养颜……文霞在电话这头一直喊："不用了，别辛苦了"，甚至已经有点急了，可母亲还在说凤爪和猪脚可以给她好好补脚力，直至被一旁开车的父亲打断："她这意思不就是她不想你去广州了！你还和她说这么多干什么？补什么脚力！给她补脚力，还嫌她走得不够远啊？"

电话两头都沉默了一会儿，母亲还是不死心，但已经失去了气势，说："我总归要教她煮汤吧！将来嫁人了她不煮给丈夫和婆婆吃啊？"文霞听这话，很不舒服，但也没有开口，她想，现在吵嫁人不嫁人的事情，并不妥当。可是，文霞却听到父亲的声音："走仔就是走仔，将来嫁出去就是嫁出去了，做不好别人老婆，我们也无法操心。"吴文霞的心，骤然像被一个爪子抓碎。但很快地，她转念又想，可能父亲以为电话已经挂了吧，这么一想,自己心里也就好受很多,这是她一向所擅长的。

父亲往红色的塑料盆里倒了热水,白气努力地向上飘升,翻动得像炭火。吴文霞问父亲:"阿妈什么时候做手术?"父亲说:"说是说明早八点十分做手术,也不知道是不是卡这么准。"吴文霞问:"红包给了吗?"父亲比了个"六"的手势,他脸上有种不服气,但又无可奈何。护士面无表情地闯进来,喊:"病人,量血压!"吴文霞从床边站起来,看着父亲毕恭毕敬的样子,只觉得好陌生。那个小护士,看上去也并不大,至少比自己小,吴文霞心里想。等小护士走了,母亲小声地对吴文霞说:"那妹仔才二十,你看看她那样子,都可以嫁人了。"吴文霞冷笑一声,接过父亲递来的毛巾,往热水里投,干瘦的手臂拧起毛巾来却十分有力。

母亲坐了起来,吴文霞给她撩起衣服擦背。母亲突然笑起来,跟隔壁病床的人说:"你说是不是,人还是要生仔好,现在就有人给我搓背。"隔壁病床的人礼貌地跟着笑了笑,吴文霞却是憋了口气,继续擦下去。擦着擦着,她又忍不住酸酸地说:"我是你走仔,不是你仔。"

吴文霞把行李箱拿回家，简单洗了个澡，就回来医院陪母亲睡觉。隔天早上六七点钟，近亲们陆陆续续都到了，拉些刀光剑影的家常，把吴文霞折腾得厉害。

姑姑说："你要对你妈好点啊。"吴文霞挤出一个干巴巴的微笑。姑姑又说："多听你妈的话，没错的。"吴文霞点了点头。姑姑以为可以乘胜追击，就说："回来吧，再好好找个人，要不姑姑帮你找一个？"说完见吴文霞冰着一张脸，她只好又说："赶紧结婚生孩子吧，这样你妈才安心。"吴文霞正酝酿怎么挡回去时，一个医生走到门口说："家属来签个字。"父亲立刻从椅子上起来，去门外签字。母亲看了吴文霞一眼，吴文霞立刻把眼睛转向别处。

母亲终于被推进手术室，外面等候着的，都是吴文霞的亲戚。母亲的好姐妹莲姨也来看她，一逮到吴文霞就说："你从广州回来啦？什么时候回来的？"吴文霞："昨天晚上才到的。"莲姨看她一副提防的模样，就说："你也不要怪阿姨哦，是你妈一直求我，让我带她去广州的。这事你爸也是同意的。"吴文霞笑了笑说："哪有怪阿姨？谢谢你照顾我妈。"

大半个月前，母亲来广州找吴文霞，是和莲姨一起坐高铁过来的，她们没有事先跟吴文霞打招呼，直到她们上了车，父亲才打电话来，吩咐要照顾好母亲，记得去南站接她。吴文霞彼时正在琶洲布展，一听到消息，立刻质问父亲为什么不早说，父亲就说："你自己问她！我不知道！我不和你吵！"

吴文霞没有立即打电话给母亲，而是发短信给另一个女人。这个女人叫奇哥，是她的舍友。她们在一次聚会上认识彼此，两人当时正好都在找房子，就合租住在一起了。去年春节，吴文霞被全家族的人催婚，那天深夜两点，她对着奇哥大哭了一场，奇哥安慰她安慰了很久。隔年春节，吴文霞就没有回家，和奇哥跑张家界去旅游了。

那年除夕，酒后的父亲气得在亲戚面前大骂她——"走仔就是走仔，还没嫁人就不认家了！"母亲本来也很生气，只是一看，白脸角色已经被丈夫抢走了，只好唱个红脸，打电话叮嘱了吴文霞，记得给父亲拜年。吴文霞也照做了，不过父亲并没有接她的电话，短信也没有回。

这是吴文霞第一次没回家过年,父母安排好的三个相亲对象,全部被她放了鸽子。母亲只好一个个去赔笑道歉,生气之余,也决定去广州一趟,看看吴文霞到底搞什么鬼,起初她跟吴文霞提起这个想法,却被拒绝了,只好打起先斩后奏的主意,求着好姐妹莲姐去广州时顺便带上她,这才有了后来的事情。

过了一会儿,吴文霞收到奇哥的短信,说她晚上会搬走的。

吴文霞这边顾着布展,那边只好请同在广州工作的高中同学去接母亲,等晚上她自己找到母亲时,母亲已经在地铁站等了快两个小时。她正一脸小心地把提包抱在胸前,坐在铝椅上,一见到吴文霞,就笑起来,嘴上却是抱怨说:"你们下班真是太晚了!"

吴文霞板着脸,说:"还没有下班呢,我送你去酒店后,还得回去干活。"她不耐烦地拿过母亲的东西,向地铁口走去。"住什么旅社!我随便住就好了,你妈就是沙发也能睡的。""那我怎么敢呢?"母亲听出吴文霞话里的刺,没有多说什么。是夜一点半,吴文霞回到自己租来的房间里,发现已经是空落落,墙上挂照片的钉子兀在那里,丑陋极了。

只住了一个晚上酒店,母亲就强势要求到吴文霞的房间看看。一进门,就看了厨房、厕所、阳台,像逛房市一样,点来评去的,最末看吴文霞的房间,又指骂她女孩子家不够爱干净。她伸出手,抹了一下桌台,却看到一张照片嵌在相框里,摆在台面上,是吴文霞包得像个粽子大笑的照片。吴文霞笑得这么开心啊?母亲问她:"笑得这么开心,是在哪?是过年在张家界拍的吗?"吴文霞给母亲倒了一杯温水,又递给她一排药,"是啊,快把血压药吃了。"

母亲又问:"谁给你拍的啊?"奇哥啊!但吴文霞只是说:"我朋友啦,说了你也不认识。"母亲就着温水吃了药,咽下去,又说:"好久没看到你笑得这么开心。我记不起你哪张照片是笑着拍的。"母亲走向床边,掀开被子。吴文霞也不接她的话,只是摇了摇头,说:"也不知道是你来照顾我,还是我来照顾你。"母亲看着两个枕头上,深浅不一的两个凹印,本想问点什么。

母女俩平躺着睡在床上,不知道谁先起的头。母亲说起以前嫁给父亲,在婆家里,做牛做马都是小事,最愁的是父亲在外面做生意,不知道他会遇到什么。外面的风光,大概很好吧。有一次家里收到一封信,可惜她字识不了几个——只看到抬头是"亲亲的","亲"字她是认识的,婚房上挂着的吉祥话里就有"相亲相爱"四个字,那"亲亲的"后面接着就是父亲的名字,父亲的名字也是她认识的,结婚证上白字黑字有写。所以后来她才决定要学会识字,还要走出家门自己做生意。

吴文霞静静地听母亲倒着过去的事,她已经提过这件事好几次了,从小到大只要父母两人吵架,母亲就会拉着她痛诉父亲一顿。吴文霞自小就从母亲的愤怒里得知,那就是男人的样子,但她不知道这次,母亲为什么又突然提起来。母亲看吴文霞没有出声,以为她不信,只好说:"我拿着信去比对过,没错的。信里的话不多,但'爱'字出现了好几次。署名是尾珊。"吴文霞叹了一口气,说:"现在爸爸对你好,不就好了吗?"母亲顿了很久,说:"我那天闲得没事,和你莲姨约在总店见面,结果看到你爸和一个女人靠得很近,像在说什么悄悄话。"

"那……是那个尾珊吗?"

"不是,我直觉不是。"

"我还以为你两件事一起说,是有联系的。"吴文霞笑了笑,把奇哥打来的电话按掉。

"唉,男人一辈子怎么可能才两个女人。"母亲追着吴文霞的手机屏幕看了一眼。

"那你还要我嫁给男人。"但这句话吴文霞没有说出口,母亲高血压,气不得。她只是说:"那你也不在家防着点。"

"防了这么多年,还不是防不住。我来之前和你爸吵了一架,你知道吗?他平时都是三四天刮一次胡子,那几天,他一天刮一次,一大早就对着镜子涂泡沫。"母亲说着说着,就哭了,眼泪在昏暗的房间里看不见,但是吴文霞听得见,也感受得到,整个房间里的空气都变得湿冷湿冷的。

手术室的灯亮了。母亲被推出来的时候,脸上没有一点血色。不过医生说顺利,那么也就是顺利了。到了病房,母亲从手术床被抬移到病床上后,医生又细细叮嘱父亲和吴文霞三姐弟各种注意事项。吴文霞发了一条短信给奇哥,告诉她,一切顺利。

等送走最后一个亲戚朋友,也已经过了几个小时,母亲皱着眉头,好像嘴里喊着难受,一伸手就想去扒掉吸氧器,父亲只好把她的手掖下去,告诉她:"知道你难受,医生说不能拔掉这个。听话。"

下午隔壁床的病人被家人带出去散步的时候,父亲就坐在母亲的床脚边,喊齐三姐弟。他呼了一口长气,说:"你妈妈要我保证,在她割掉子宫后,不能嫌弃她,我这里给你们做保证。"他说完又转过去对自己的老婆说:"听到了吧?"

那一刻,吴文霞有点心疼母亲了,从前她以为,女人何苦把一生的幸福托付在男人身上,看了母亲这样,又觉得,与其说幸福,说托付,不如说是陪伴,人们习惯把生活修饰成美好的词汇,所以才容易大失所望。

吴文霞要回广州之前,母亲已经能清醒地说话了。她抓着吴文霞说:"如果你没有一个丈夫,将来像我一样病了怎么办……谁给你签字啊……阿妈将来走了谁管你啊……老了怎么办啊?你是不知道老。"

"妈,如果真的没有男人愿意为我签字呢?"

"你自小就孤僻，老一个人待在房间里不说话……妹啊，你听阿妈的话，一定要找个人在一起啊，牢牢看住……不管你喜欢什么人……反正你总归，不能一个人最后老到死。"吴文霞听着听着，就流了泪。

那天晚上，母亲把吴文霞的房间打扫好了，煲好了猪脚北芪花生汤，洗好了澡，穿好睡衣坐在床上。吴文霞下班回来看到房间被收拾得干干净净，生气地说了一句："这下我的东西都不知道放哪里了。"母亲却说："不会的，你要什么，我立刻给你找出来。对了，我找不到可以擦东西的布，就去翻你的旧衣箱。"她指着衣柜上的一个箱子，又说："你不是说那个箱子的衣服都不要了吗，我看好几件还新新的呢。"吴文霞不爽气地应答，把包扔在地板上扔得很大声。母亲不动声色继续说："还找到了几条裹胸布，就拿这个擦了。我想你也是不穿的吧。"吴文霞看着母亲的眼睛，母亲却说："去喝汤吧。"

她一勺一勺舀着母亲煲的汤，母亲的汤，还是一如既往地下了足料。母亲在广州住了快一个礼拜，每天的汤头都不一样，几近十全滋补。尽管如此，吴文霞还是要送走她。那天吴文霞本来已经买好车票要送走她，母亲却说："我来广州这么久，都没出去逛逛。你好意思吗？"吴文霞只好改签，挪后一天，带她去了好几个地方，又去了黄埔村的姑婆屋。吴文霞对母亲说："这是一群不结婚的女人住的。"母亲嫌弃地说："一群女人，住在这里做什么？"吴文霞看了那些资料介绍，转译给母亲听："她们互相照顾啊，她们年轻做纺织刺绣，不需要嫁人的，老了就住一起，互相照应。"她正想说"这样也蛮好的"，却被母亲截住，说："那最后一个人老死之前怎么办？"母亲望着姑婆屋墙壁上的雕饰，又说："一个人住没什么好的，就是这房子漂亮，不错。"

吴文霞也看向那些雕饰，又看了看母亲，突然想起，大姐出嫁时候，母亲把床底的红锦盒拿出来，把金镯子擦了又擦的郑重神情。那些金饰是金价大跌时买的，母亲风风火火地闯入小城的各大金行，和其他蜂拥的中年妇女争金夺银才买下来的。那天，母亲笑得像颗枣，一件一件地打开给吴文霞看，说："你看，这套是给你大姐的，耳环，镯子，项链，成套的。你看你看，这两个镯子呢，是龙凤呈祥，是要给你和我未来仔婿的。卖金的弟仔说,这叫双双对对大富贵。"吴文霞一边听,一边看,心里只觉得残忍,母亲神采飞扬,她的眼睛似乎已经看到了吴文霞穿着正红色的嫁衣,上面绣着自由飞舞的金色凤凰,胸前扣着一小朵礼花,写着"新娘"二字的垂条被每个宾客的眼神扫过。这一切都不会发生的,妈妈。

隔天,吴文霞一早就买好了下午母亲回小城的车票。出门前,吴文霞还在房间里收拾包包,母亲正在上厕所。母亲从厕所里出来的时候,家里的门,突然被钥匙铃铃啷啷地打开了。是奇哥。吴文霞跑了出来,有那么一霎那,三个人面面相觑。奇哥说:"阿姨好。"母亲普通话不好,只是点了点头,又打量了她很久。

吴文霞告诉母亲,这是她好朋友,叫奇奇。母亲说:"那中午一起楼下吃个饭吧。"吴文霞说:"别了。人家有事。"母亲又看了两眼奇哥,用很笨拙的普通话说:"一起吃饭吧。"奇哥看吴文霞瞪了她一眼,只好婉拒。

母亲和奇哥道别后,出去了。一顿饭的时间,吴文霞都在短信里和奇哥发火。但她自小都不会藏表情,脸上的肌肉写着一个"怒"字,呼吸也与素常不同。母亲都看在眼里。

吴文霞还等着母亲问"奇奇是男的还是女的",但母亲没问。她以为母亲还会问"这个不男不女的来找你做什么",但母亲也没有问。母亲只是说:"你屋子的钥匙我都没有,奇奇倒是有一把。"吴文霞猝不及防,只好说:"你又不常来。"但立刻又意识到自己说漏了嘴,只好亡羊补牢,说:"你又不常来广州。"母亲也没追问下去,只说要帮奇奇找男朋友。吴文霞说:"你手伸得这么长!管得真宽!"母亲笑了笑,说:"你不允许我给你介绍,我还不能给她介绍吗?"母亲见吴文霞没说话,又开口说:"你回头可别学人家剪那么短的头发啊。"

在地铁上,母亲念着一个个站名:"东晓南、南洲、南浦、广州南站,南,南,南,一路都是南啊。"母亲说完,就意味深长地看着吴文霞。两个人就此沉默到关闸口,母亲才用很差劲的普通话问检票员:"我走仔不能进来送我吗?"检票员说:"不行。"

吴文霞说:"回去吧。"然后,她看见了母亲流泪。

吴文霞要回去了。父亲没有留她,只说了一句:"好好工作。"弟弟很积极，说要送她到高铁站，他以前从来不这样热心的。一路上他们聊了很多，才终于聊到真正想聊的。弟弟一边开车，一边说："姐，阿妈跟我说，你要是真的不结婚，就让我先结婚了。她还说，你那对龙凤呈祥，你要是不戴，她就给我将来讨老婆了。"吴文霞说："好，她开心就好。"

她一说完，弟弟就冷哼一声，"阿妈她有什么开心不开心的，最开心的还是你老老实实找个男人嫁了。"弟弟打转了方向盘，说，"不过，她跟我说，你要真不结婚，她也没办法架把刀在你脖子上逼你。"

"弟啊，你帮我告诉爸妈，就说我这辈子不会结婚了。或者说，就当我结过婚又离了婚吧。"

"我才不呢！她肯定会说，"他在红灯前停下，转过脸对着吴文霞，又笑着模仿母亲的口气说，"你没有仔啊，那哪能一样？"

"那……就当我嫁了一个男人，新婚之夜被我克死了。或者生了孩子，也夭折了。"吴文霞笑着说。

"唉。那行，我跟她说，她生了个走仔，打算气死她。"

"是喏,是喏,走仔哪有仔好,走仔哪有仔孝顺。"吴文霞嘲讽了一下弟弟,就再也没有笑出来了,她突然很严肃地说,"弟啊,你说,如果阿爸真的嫌弃阿妈,怎么办?"

弟弟打着方向盘,一边看着路,回答得很敷衍:"阿爸不会的。"

她心里想着,假如有那么一天,父亲对母亲不好,弟弟不孝顺或者娶了霸道的妻子,姐姐忙着关顾孩子——没有人愿意真心实意地照料母亲,那么她一定会陪在母亲身边,让她安享晚年。

吴文霞上了去广州的高铁,坐定后,就望向窗外,看到了天边一片昏黄,果田和屋宇不停地后退。可是,不论列车行进得多快,夕阳还是稳在那里,它只是缓慢地,轻轻地移坠。远处,更远之处,一只金灿灿的凤凰披着霞色的羽毛,擦着太阳的边界,展开翅膀,飞了过去。

七星女

一

从街口望过去,天色还是白光白光的,但城中好多单位经已休息,三点三下午茶过后,这座小小的城就算堕入了傍晚。傍晚,仅仅属于休闲的人们,未收档的那些小生意人,不外乎是贪图游客经济,但有人说,这就叫劳碌命,做了会疲累,不做了会心痒,某方面又和赌瘾很像。从前杨师奶也是其中一个,由我记事起,每日她都从朝早忙到夜晚黑,好像一部不知疲倦的机器。二十年前也是在这个时段,我读中学落了堂,偶尔也会去杨师奶的档口吃上一碗牛杂,杨师奶人如何先不必评价,她的牛杂总归是声名在外。

据杨师奶讲，她的牛杂档是从一位寡佬转手的。一锅牛杂，除了牛肝、牛肚、牛肠、牛心、百叶，还有不多的牛腩肉和牛筋，我最喜欢的是那口浸满汤汁的萝卜，软烂的口感中，隐约有一股根茎植物不甘的辣味。它不再激烈、莽撞，却依然试图控制我的口腔与味蕾，但煮了漫长时间的汤底又在合齿时刻，渗出肉与脂肪的动物性滋味来，像是两种力量彼此温和地驯服一样。这类矛盾的食物，最吸引我了，同样如蔡佬记的菠萝油猪扒包，再如日本菜里炙烧的寿司，适度的甜咸搭配或者冷热错置，就像生活中某些奇妙的误会，在不经意之间令人惊喜。当然，生熟混吃则无缘包括在内，我试过将打包的鱼生带到快餐店里，和炸鸡一起食用，当晚就上吐下泻，不单毫无浪漫可言，还没法追责究竟是哪家的食材不净。

烧水壶持续的汽鸣声提醒了我的处境，我手上还握着合味道的海鲜味杯面。我行到厨房，将火熄掉，听见了锁匙铃铃啷啷的声音，跟住的是一阵拉门闸的噪音，就知道杨师奶返来了。我故意拧开水喉，将筷子过水冲了又冲，她应该能听到我撕开杯面包装的声音。当滚水被倒入其中，翻腾出白色的蒸汽，风干的佐料譬如鸡蛋花与鱼板即刻膨大，变得湿润。封上杯口，我把筷子扣在上面，等一场风暴完全酝酿之后爆发的时刻，但是我只听见外面讲："玉华饼铺的老板娘过身了。"

哦，关我什么事？我想问却没有出声。

下午一点半，我和杨师奶才去了婚庆公司，她说要帮我挑结婚用的婚纱裙，上次两人一齐拣选服装，可能也是我读中学的时候了，那是她第一次帮我挑文胸，也是最后一次。我还记得，她在更衣室里解开自己后背上的扣子，问我："以后知道怎么戴了吗？"她的背那么厚实，是经历过劳作的样子，那对坦诚的乳房已经有下垂的态势，像挂在钩子上的两片牛胃。那一刻，我处于惊诧之中，不知道是惊诧于她的坦诚，还是她的衰老。反观这些年，岁月的瘢痕未必在她身上有明显的着色，她头发还是乌亮的，也不见少，面色红润，像自带腮红似的，可能是她永恒的兴奋造成了虚像吧。

婚庆公司服装部的女职员笑吟吟地问我们："新郎是哪一位啊？"

"未到，在过关。"杨师奶代我回答，而且还是讲大话。他不会来的，至少今天不会。

"哦，没事，那我们先看新娘的。"女职员语气透出一丝讶异，可能一般到这个环节已经是临门一脚，要娶老婆的人不应怠慢。她恢复了职业的喜气，又解释道："最近有一批新到的男装，意大利设计的。如果新郎到了，可以看看有没有喜欢的。"

"你去看啊。"杨师奶侧着拱了我一下，我不解地望向她。她说："你的裙子我帮你看就得了。信我。"她握了握我的手，把我轻轻往女职员的方向推。我知道，她代劳的毛病又发作了，我心想："究竟是我结婚，还是你结婚？"虽然内心不满，但我的脚还是跟着迈开了。是的，我真恶心。

二

我看了一眼手机，其实也不在乎是否闷足五分钟，就从厨房走到厅内，坐进沙发里，把脚叠在茶几上，撕掉杯面的铝色盖子，大口地吃起来。一路我都没有看她，真正的旁若无人。但我知道她在吸烟，就坐在饭厅的凳子上。那股烟味在宁静的氛围里尤为突兀，她清楚我不会望向她,这是我冷战的习惯,所以她寄托给烟味,她用习惯攻克我的习惯。此时香烟就不仅是香烟,它更是狼烟,是一种烽火的预兆。

"成日吃这些垃圾!"她抽饱了。

"你美国啊?管得这么多。"为了想这句话反击,我没能即时接上她的责骂,显得我笨重了一点,但我依然沾沾自喜。

"三十几岁都要结婚的人啦,还不会照顾自己!网上话即食面一个礼拜都未见消化的!在你胃里还龙精虎猛!"可惜,她没懂我的意思,但她讲话抑扬顿挫,似乎"龙精虎猛"的不是面条,而是杨师奶打嘴仗。这是她除了煮牛杂之外最擅长的事。有一次我同她一起看TVB的电视剧,有部宫廷剧里的小白兔主角叫刘三好,人生信条就是"说好话、做好事、存好心",杨师奶每次看到佘诗曼讲这句台词,都会拍桌而起,讲:"做好事、存好心无可厚非,说好话就大可不必啦!"还指着我讲:"你不要看轻你阿妈,做街边生意的,手上斩牛肠的刀要快,嘴上那把刀更加要快,不然怎么立足啊?你阿爸又死鬼去见阎王了,我不练就一身本领,怎样养大你和你阿弟两张口？"她咦咦哦哦，复读机般重复着那些反问句，像是质问我，又像是在问天问地，如果不出言阻止，她定能由氹仔讲到湾仔，濠江讲到扬子江。

头先在婚礼公司她也是这副模样。婚庆公司是她挑的，我本身已经失去了新娘的尊严，还要被她拱到一旁拣选男装，俗语说佛都有火。甚至霎时间我觉得，这桩婚事的控制权，根本就不在我手心。我望着女职员拉开一架自由式的立体衣柜，亮出二十几套礼服，表面上满目琳琅，其实每套男装之间的差别并不大，除了布料颜色和质地手感之外，一眼望落去都是孪生兄弟。衣服是这样，男人不也是这样吗，这一个和那一个，又有什么不同呢？

我摸着一套黄色灯芯绒的袖子，感到可笑，哪个新娘要是给自己丈夫选这套，一定会将自己沦落为婚礼上的配角。正当我摸着西装外套的内衬料子时，女职员开口道："我们新娘真是有眼光，一挑就挑到设计师最心水的一款。"我笑笑，但她仿佛不依不饶地讲："这套是以浪漫的翡冷翠作为灵感的……"诸如此类的话我听不明，什么灵感，什么翡冷翠，离我再近都是遥远的事，我只知道一件衫最基本的版型、尺寸和布料，小时候，当我为我唯一的芭比公仔裁新衫时，每一个专有词汇都经由我的眼睛和手具化出来。那时我的铰剪也很快，丝毫不逊色于杨师奶的牛杂刀……

我一想到这些，就好像在说气话。

我还记得中学毕业的时阵，坐在牛杂档上，我等到没有人客，就跟杨师奶争取说："我想去法国读书。"我听见她磨刀的声音放缓，跟着问："读书，还去法国？"那时我还没听明白她质问声中的着力点，我一边说是，一边蹲下来洗碗，装作很勤力的样子。她又问："读哪一科啊？"我还以为有戏，很兴奋地答她："我想读时尚行业，服装设计也可以！"

她笑了两声，讲："牛杂西施啊？"讽刺完，她点了烟，扶住档车，那阵难闻的味又千军万马地冲来。"你阿弟都要读书的嘛。你留在澳门街，没什么不好啊。"

"没什么不好啊。穿一次而已嘛。"我将那套黄色灯芯绒摆到杨师奶面前，告诉她我决定选它作为新郎服。反正，我做配角做习惯了。"靓不靓啊？芥末黄，近年潮流兴。"

她骂我:"又发癫啊?拎开啦,阻头阻势。"

我回口:"你选你女儿的裙子,我选我老公的礼服。我们井水不犯河水。"我轻声又骂了一句:"八婆老母发癫女。"她火着了般瞪了我一眼,等我转过身依然能感到背部在烧,又或者像是原本长有的一双翅膀被生生扯下来,成片成片地灼热。

哦,室内不可吸烟。她开始数落我,又像在数落天,数落地,直到她又讲了那一句:"难怪个个都讲,七星仔生女的不可以留的。"我感觉到,有股辛辣的空气从我鼻窦自上而下闯出来,是黄芥末的味道吗?怎么眼睛也疼痛了起来呢?为了我的尊严,我拿起沙发上的包大步流星地逃走了。是的,逃走了。

三

我是一个七星仔,即是只妊娠了七个月就被生下来的孩子。更准确地来说,我应该是七星女。以前旧社会,人们迷信说,这种情况之下只可以留下男丁,女的一般不去养活,本来就在娘胎里先天发育得不完整,只要丢在路边或水里，天就自然会来回收。据说七成八败九难育，如果七星仔挨得过，这个小孩长大了会特别聪明。既然是聪明，那么女儿是无法消受的，聪明是叛逆的底色，乡下人最憎恨了。

杨师奶那时还不是杨师奶，她只是一个乡下姑娘，人们叫她娇水。一九八一年才游过来半岛，从此在澳门街落地生根，过了几年，嫁了一个姓杨的做木料的学徒，才生下我。娇水女士和杨学徒也没有什么感情可言，不过是经人们介绍，一个帮人处理木头，一个帮人处理牛肉，都是边角料功夫，自然也是边角料的人，最合适不过了，凑在一起称不上龙凤呈祥，也能算蛇肉炖鸡，很是般配。当年木料厂附近有间饼档，就叫玉华饼铺，饼铺的女儿长得一般（这一切都是杨师奶讲的，真假我也存疑），铺仔虽然不大，但都算有资有产。杨学徒在杨师奶的口述中是心猿意马、自甘堕落、抛妻弃子、陈世美投胎。

不知道是否因为这样，她对我也有几分怨恨，小时候她经常推我去找阿爸："阿星啊，你就入去饼铺里面，见到你爸在里面，就抢他们家的虫仔饼和合桃酥吃，一定要吃到天崩地裂,掷地有声。"我当时还不太明白,什么是"天崩地裂,掷地有声",但又想,阿妈喜欢一边工作一边听粤曲,可能是里面一个字唱一分钟的台词,我以为家里已经穷到要卖唱乞讨,才可以换来食物。

或许我真的不够聪明,在玉华饼铺门口张望了很久都没有进去,想放弃的时候一转过头,就见到阿妈很凶恶地叉着腰,站在路口对面,眉额皱巴巴地望着我。我只好重新转过身,脸上已经爬满了汗水,饼铺外溢的饼香和坚果气味固然迷人,可我就是不敢往里靠近一步,脑中设想的粤曲唱段全数遗忘,只默念千祈不要走音,就唱"天崩地裂,掷地有声"八个字够了,想着想着,只觉得头顶的太阳好晒,日光剧烈地在我背脊上灼烧,这里头可能也是阿妈的眼神加持所致,我感觉,好像有一片巨大的膏药突然从我幼嫩的肩背撕开。我晕倒了,并落下了一些后遗症,应该不仅仅是身体上的。

我握着合味道的塑料杯,往表面吹气,听到杨师奶大声地讲:"网上话即食面一个礼拜都未见消化的,在你胃里还龙精虎猛!"龙精虎猛又如何,反正我受创伤的不是胃部。

"我还以为你不上网呢。"我反击道。

"就算不上网,资讯都比你知道得多。"

此话何解?未等我问出口,她已经青龙刀追杀而来:"你以为你读过几年中学就好犀利咩?好聪明咩?"

犀利就不一定犀利啦,聪明可能有一点吧,毕竟我是七星女。我心里这样想,手上筷子撩起面条,簌簌地往口腔里吸,用力咀嚼,发出不文雅的啧啧声,甚至故意大声地饮下一啖汤。听上去似乎很好吃,其实毫无滋味。

杨师奶可能见我无暇吵嘴,当然要叠高加码:"你如果什么都知道,或者有阿弟一半聪明,就轮不到我来帮你揾老公啦!"

好。算你厉害。不得不承认,这也算是杨师奶众多"代劳"的功绩一件。我现在的先生阿宽,确实是由杨师奶介绍的。

六年前,阿弟和同学来香港玩,约了我在海港城见面,为此我还穿了最好的一件衣服。他和香港人很像,喜欢讲话夹带英文,我有点惊讶,我和他竟然都是杨师奶所生。但最令我惊讶的是，阿弟讲，杨师奶已经将牛杂档关张了。

我脱口而出："没可能，我不信。"

阿弟讲："她抱怨年轻人喜欢吃咖喱汤底，不懂得清汤的好味。"牛杂是杨师奶的命，我们都知道。在漫漫成长路上，我无数次听到她讲："档在我在，谁敢动我的档，我就动我的刀。"想不到有一天她会主动放弃。

我问："那刀呢？"

阿弟讲："哦，牛杂刀连同磨刀石都被她收了起来，锁在那个大木箱内。"

我点了点头。阿弟又讲："你猜我在木箱里见到什么？"

"什么？"

"一张红纸，写着你的八字。"

"有什么出奇的呢？"

"旁边还有另一个人的八字。"后来我知道，这个八字的主人就是阿宽。

四

这一年中秋节，我从香港回到了澳门，回到了那片熟悉的街区。在楼下行过玉华饼铺的时候，我发现没有什么生意，门口只坐着一个抠着鼻孔的女人，很瘦，而且不是那种正常的瘦。就在不远处，我看见有一个人影向我招手，是了，是她了。她高亢地喊了一声："七星仔！"

上到楼，我们若无其事地收拾祭拜的瓜果和饼食，跟街坊借天台摆了张桌子，下跪上香，处理完烧纸，才大汗淋漓地坐下来，聊起正经事。

"这个人什么来路啊？"我问杨师奶。

"我有一个老熟客，以前经常帮衬我们档口，她最喜欢我煮的牛腩和萝卜，还说我心地好，就是讲话凶狠了点……"

"讲重点，多谢。"我冷淡地回应她，虽然此时是中秋节，阖家团圆的日子，但我实在还不能高兴起来。屋里的装潢几乎没有任何改变，不知道杨师奶怎么做到的，不知道是不是有为了我刻意保持，如果有，那又如何呢？我们都知道有些事情已经不同。

"好。你比我还没耐性了现在。"杨师奶还笑着，恐怕自知是理亏的一方。

我白了她一眼，望向一边，茶几上放着两盒月饼，是拜月之后从天台取下来的，一盒是荣华，我从香港带过来的，一盒不知是什么杂牌子，上面写着我最讨厌的四个字：七星伴月。因为从小，我就被叫作"七星仔"，所有识得我的街坊邻居、同学亲戚都这么叫。叫法当然是来自我的阿妈——杨师奶女士，她从来不称呼我的本名，一直叫我"七星仔"。在阿弟没出生以前，我就问过阿妈，什么是七星伴月啊？当时阿妈正哼唱着《月光光》，被我中途打断了，不是很高兴，但她依然回答我："七星伴月，就是七粒星星，围住一个月亮咯。"

"那么月亮是谁呢？"既然七星是我的话。

她沉默了一下，像是在认真思考。她讲："嫦娥咯。玉兔咯。"她一下竟然给了两个答案，我只好敷衍地嘟囔："哦，原来是它们啊。"

之后阿弟出世，经过牛杂档的老街坊们都会跟我讲："有了弟弟，你阿妈就不要你了。"谢谢你哦，我又没有问你。直到某一年，阿爸拎着一盒月饼回到档口，上面印刷着"七星伴月"，分量很足，只不过是玉华饼铺的。我见到阿妈整张脸瞬间垮了下来，就像她用来擦牛杂档台的抹布,骤然掉在地上。别看她是和牛下水打交道的人,她其实很爱干净。

她一句话都没有讲,从阿爸的裤兜里掏出烟火,点了一支烟,也没有理会向她讨要怀抱的阿弟。那时我嫉妒弟弟,以为真如其他小孩所说,"七星伴月"里的"月",其实是阿弟。这下见到阿弟受辱,我喜不自胜地要和阿爸讨月饼吃。

"吃吃吃,撑死你得了。"恰逢一位街坊掰着柚子经过,帮我讲话:"水娇妹,不好骂七星仔啦过年过节的。"

没料到她回答道:"我丑了,老了,叫我杨师奶啦。"

"她呢,在内地乡下有个亲戚的孙侄,叫阿宽。"可能她见我没有露出不悦,那就是感兴趣,更快马加鞭地讲:"中山人,澳门工作,在八佰伴打工,收入不算高,但会帮人代购,算是有点门路。八字我都已经合过,上上佳,阿师傅讲是天作之合来的,过了这条村就没了。"她将手机递给我看,似乎生怕屏幕反光,还轻轻地调整了几下角度。

"一般般啦。"

"不试下怎么知道呢。"她一边讲,一边切开莲蓉月饼,拿起其中几乎纯是莲蓉的一角,塞进嘴里,我知道,她想把带咸蛋黄的那一角留给我,我也不客气,举起叉子就戳走了它。

"我又没说不试。"——是的,我最恶心了。

过了两日,我和阿宽见了面,回到家里杨师奶就问起约会的情况。我摇了摇头。

杨师奶讲:"他为人老实。"

老实也不过只是外表上,真正老实的人,吃不到代购这行饭的。我做生意难道不知晓吗?

杨师奶又讲:"他好孝顺的。"

杨师奶你醒醒吧!不是他请阿婆一帮老人家吃斋,就叫孝顺了好吗?吃斋很便宜的。

杨师奶讲了又讲:"他又有事业心。"

这点就的确是,据我所知。阿宽已经在横琴订了一户单位,九十五平,大概八百五十尺。我也是最看中他这一点,起码不烂赌,轻我两三岁,却是一个脚踏实地的人。但他的缺点也很明显,他没什么浪漫细胞,第一次见面他竟然约我去大三巴附近的恋爱巷，那里铺天盖地都是游客，高峰时港铁的乘客要贴身换位才能下车，在这里夸张一点讲就是一部凝固的港铁，人山人海，一点二人世界的氛围都没有。吃饭的时候，我们又赶去龙华茶楼，阿宽说："好像香港八十年代的电影画面。"我心想，那你怎么不去香港呢？过海就到，一百来块。但转念一想，他没有带我去大龙凤就已经是万幸，我可不想一边听粤曲，一边还有探听他有过几位前任，虽然我不够青春无敌，但距离退休，尚且还有一些时日。

五

杨师奶的头发散了下来。她呆呆地望着我，我也呆呆地望着她。我们一句话都没有说。

我用筷子戳着杯面的底部，使了很大的力气，像是要将它捅穿一样。

是啊，我是很笨啊，一点都不聪明，连男人都要杨师奶找给我。我又一次证明自己无能。记得二十六岁的时候，我一边在赌场打工，一边还能有一位名副其实的男朋友。顾名思义，男朋友不是未婚夫，不是相亲对象，更加不是老公丈夫先生，他有个英文名，好像是叫Stephen，香港本地人，我们在网上认识的，那时年轻，风花雪月，为了他我可以过海去大屿山，坐港铁到九龙，夜晚睡在天星码头，两个人仰着颈子，数着根本不存在的星星，只用最敏感的听觉神经，去捞救船坞之上所有驳杂的声音。真好。年轻真好。

哪怕今天我什么都没得到。

"你不要这么任性好不好，你都已经三张了，好快就四张了。"杨师奶不遗余力地提醒我。一个个数字，在她手上，明朗成只只手指，每动一下，就像往我的泪腺排淤般挤压。

"哦，关你什么事？"我试图收起所有烦郁的心情，但转念又想，此时此刻的我，是不是像极了杨师奶，是不是像极了那个中秋夜水娇妹终究变成的杨师奶。我花了大半生的努力去树立的敌人，到头来竟然和她最相似。

"当然关我的事。我杨师奶不要脸的啊？"

"哦，关我什么事？"

"是你结婚啊。你没有良心的吗？婚庆公司定金我下的,连嫁女金我都买好了。"

我放下杯面和筷子,嘴上说:"关我叉烧事啊。"

"你是我阿女,关我大件事。"她讲这句话声音反而很小,但一讲完又喘着大气,慢慢走向食厅。

我没料到她会这样回应,阿女,她一般只会称呼我为七星仔,好像时刻提醒我是一个本该死去的人。活下来,只是苟且偷生,天地施恩。我想,如果刚刚在婚庆公司,她这样叫我,我就不会走,甚至若干年前,我就不会为了 Stephen 出走香港。当然也不只是因为 Stephen,恐怕"伴月"才是那颗种子。当时阿弟已经考过了澳大的入学试,但他争着要出国,我一直都知道,杨师奶储着这么多年的生意本,还有政府过节派的钱,都是留给他的。美国好啊,医科好,医生赚得多;英国也好啊,读政治吧,将来做长官;不行就澳洲和纽西兰,读个什么都好;香港?香港也可以,不过你的实力未必够人打,香港竞争又大,其实没这个必要。

阿弟接到澳洲学校的录取信隔日,我就离开了澳门,去了香港打工。以前我不能去巴黎,不能去米兰,难道现在我连珠江口都迈不过去咩?到了香港,以前的同学、朋友从此就变得疏淡，加上我确实脾气差，得罪人多称呼人少，在各大商场门口派传单，到做销售员，做点小生意，摸打滚爬，都是靠杨师奶当年一句"你混得差就不好返来啦"撑到现今。可能夜深的某些时刻，我撩开上衣，回头望向镜中的自己，都能体感到杨师奶，当年在服装店的试衣间，向我露出的那张厚重的背，和那双卑微的乳房，如同狂欢派对过后寂寞的漏水气球。我知道自己越来越像她了，越来越像一具仅能装容下劳碌命的躯壳。尤其我自从踏入三字头，这种触动就闪现得更频繁，明显能感知到自己用的化妆品越来越厚，但身边的男仔和女性朋友却越见稀疏，快乐的时间更是屈指可数。

香港地，节奏快，毕竟容不下一个快速衰老的女人。这种衰老，应该也不仅仅是身体上的。如果不是杨师奶要介绍阿宽，可能我都不会回来澳门。

在婚庆公司的时候，杨师奶对其他女职员讲起我，那个语气就像我不在场一样。她开篇就讲："我这个女儿啊，别看她现在人高马大，其实她是七星仔啊，我七个月就把她生下来了。你们不知道,她生下来才我一个手掌大。我好难才养活她的。"我不知道她为什么总是这么八婆,况且讲来讲去,都是这一段,是不是我不像阿弟,有那么多学位或者异国史供她炫耀,又或者我的一生,仅仅以这个独特的开头,这个带着旧社会气味的乳名,就可以概括了呢?所以我取下那件芥末黄色的套装,挤开杨师奶挑好的几件婚纱裙,放到了她的面前。

然而现在,我又再见到了它,它被杨师奶从一个大袋子里提了出来,黄色灯芯绒本身并不糟糕,当它用在一件结婚礼服套装上,它就有充分的矛盾令人不安,甚至上吐下泻。我看着杨师奶迷茫的表情,其实我们的眼光是一致的不是吗。那套衣服谁会不觉得丑呢。

简直丑哭了。

"你也不用这么感动吧?"杨师奶扶住我的肩膀,她手忙脚乱地帮我擦眼泪,这或许是她始料未及的。我想,我们或许需要开启一个话题,彼此渡过尴尬难捱的时刻,正好杨师奶讲:"你的大妗姐刚刚打电话来,叫我们先看一下她的视频啊。我不会弄,你帮我弄啦。"

我只好缓缓地调整了呼吸,背对着杨师奶,两个人以这样的怀旧姿势等了好久，我抹干眼泪，讲："好，我帮你。"但我心想，其实嫁的人是我，究竟是谁帮谁呢？

原来是一条教新婚人士如何过大礼的视频，金牌大妗姐提醒你要准备各类物什：铰剪梳镜、钵盘碗碟、海味生果、京果喜糖、唐饼西饼，还有聘金和回礼，族繁不及备载。我一边看着视频，非常很认真地记忆大妗姐讲的内容，一边又觉得有些内容认真得可笑，杨师奶的表情也很陌生。我问："你结婚的时候有这么复杂吗？"

她讲："没有。我们哪有钱买这么大粒的元贝。更别说鲍鱼了，连包菜都没有。"这明显是夸张了。

视频里面讲，鲍鱼是"包有盈余"之意，而槟榔又有"嫁给有情郎"的含义，花胶更是"花开富贵，如胶似漆"，连红头绳，这位大妗姐都有文章可做，讲是"赤绳双牵，一生一世"，其实我有点想不通，为什么高楼大厦金碧辉煌看似很现代的澳门，其斜巷窄道之间，竟是一个如此古老的灵魂。杨师奶讲："如果净是讲这些四字词，那我最擅长了。没准我也能做个大妗姐。"

杨师奶刚讲完这句话,我还不觉得好笑,可是仔细琢磨,她可真是毫无自知之明。她的嘴只能开刀,不能开光。我越想越好笑,不经意就笑出声了。杨师奶或许见我笑了,就开口讽刺讲:"什么椰子是'有爷有子',简直荒谬!你看我们两母女,爷在哪,子在哪?"

我笑着点了点头,刚想讲:"你看,你还得给女婿回礼,买鞋还要买腰带,求一个白头偕老、腰缠万贯呢。"此时,一条讯息就弹在屏幕上。哦,是阿宽发来的,上面写着:"你还结不结婚啊?"

我望向笑得很开心的杨师奶,她没有露出什么特别的神色,只是顿了一下,不知道是看出了什么,还是笑得太用力需要休息一下。杨师奶起了身,像是给我一个机会回复阿宽。我也很稳重,拿下手机,打字回复阿宽:"结啊。为什么不结?居民身份你不要啦?"

杨师奶本来伸出手,将茶几上的塑料面杯扫进垃圾桶,又突然靠近揽住我的肩膀,看着我的手机屏幕。我正想遮住,不料她叹了一口气讲:"我不识字的。阿女。"

她讲完唱起两声粤曲，比起莲花手势，迈着走步，行入厨房："断不敢怨郎情薄，我亦知你母命难忘。"

她尾音还没唱完，我心想，杨师奶永远是最聪明的，就算七个七星女，都比不上她。

爸爸从罗布泊回来

　　如果不是因为父亲回来，那对小丁来说，这一天只不过是寻常的一天：自己梳洗、穿衣、系红领巾，吃奶奶做的早饭，走一条人并不多的路去上学，坐在教室里的倒数第二排，听课、发呆。唯有课间，小丁会被那些个子比他大的同学欺负，说是欺负，也不过是拉来绊去，说些难听话。这已经是他素常生活中的历险。

　　在学校里，小丁有另一个名字——"孤儿仔"，六岁时，他的母亲离开了他。除了衣服和钱，她留下一句话，还不是对他说的。那天，她穿着一件鹅黄色的裙子，平时并不多穿的一件，临出门她大声往客厅骂了一句。她声音刚起来的一刻，奶奶正躺在沙发椅上，小丁坐在地上玩科普卡，这一套科普卡是父亲买给他的，里面分了好几个主题，昆虫动物、水果植物、星球宇宙。小丁还记得母亲喊的那句话是，你儿子是个狗！

小丁坐在地上，听是听进去了，但心想，反正不是骂我。房子的门被重重摔上，小丁看奶奶没有回应，生怕她耳背，没听清，只好复述一遍——你儿子是个狗。他兴奋地找到科普卡里面标识"狗"的那一张，等待奖赏似的指给奶奶看。奶奶没有回应他，只是在过了很久之后，叹了一口长气。

小丁的诞生是个意外。他父亲从十二岁起就是个混混，一混就混到二十六岁，比他更年轻的混混已经不屑与他为伍，他只好在镇子上一家摩托行做工，从前他把偷来的摩托车拖到这里销赃，现在只能眼睁睁地看着更朝气的后生，问他一声："哥，这车能卖多少钱？"后来也不知道开了哪根脑筋，他经常一个人躲在小车间里鼓捣东西——那是一些谁都看不懂的器械。人们看得懂的，只有一架很拉风的望远镜。这么一折腾，他也算是打开名气了，镇子上都知道——他呀？怪人一个！民间人戏称他叫"科学家"，科学界称此类人为"民间科学家"。后来严打，车行倒了，小丁的父亲只好出远门去跑货车，证件不齐的那种，一没注意，就在宁夏让小丁的母亲意外怀了孕。他只好悻悻地把她带到镇子上，带到这个小小的家里，这才生下小丁，一个意外。

今天，父亲会回来，他还说准备了礼物给小丁。小丁很期待，虽然他已经快三年级了，这个世界有太多新的东西在向他招手，比如他同学手机里的游戏。小丁很想要一部手机，或者一部电脑，即便是最便宜的那种也好，可以偶尔和父亲说会儿话，听他讲故事。父亲讲起故事滔滔不绝，在他的故事里，外面的世界很精彩。

小丁的父亲经常说自己的生肖是候鸟，天性待不住。小丁出生没多久，他就出外跑货车，去过西藏，去过呼伦贝尔，去过民治，那里的羊很便宜，又好吃。这是他跟小丁说的。他在地图上一一地指出来。小丁也附和他，拿起一张科普卡兴奋地说："羊"。嗯，虽然他举起来的那张是马，但父亲依然很高兴，奖励了他一颗糖。小丁有点傻气，他奶奶形容为"不醒目"，其实也不碍大事，幼儿园老师说，这孩子老实，不捣乱，只要别人不抢他东西，他就基本不哭不闹，就算全班在笑他濑屎，他都不哭。小丁，是容易满足的。

在小丁六岁那年的年夜饭上，一家人打边炉，母亲一边把沸锅子里浮着的泡沫拨掉，一边像是不经意地问一句："你还是在跑货车吗？"父亲没有回答，他接过母亲手里的勺子，说："我来。"奶奶说："你管他呢，赚得到钱就好了。"母亲一下站了起来，显得高大有力，她说："这个家可都是我在补贴，从他手里我一分钱没拿过！"她很生气，一副气呼呼的样子，在小丁看来，反而显得父亲冷静、气派。父亲面色不改，拉了拉母亲的肘，母亲虽然不太情愿，但还是坐下了。这样稳重如山的男人，又把一块豆腐夹进了小丁的碗里。

到了夜里，父亲给小丁讲故事，讲他闯荡五湖四海各种惊险的遭遇——汽车抛锚，路霸打劫，还有狼群围攻——荒原狼在戈壁里，看不见，但狼群接近的时候，会有风你知道吗？你只要感到周身有风飕飕的，那就是狼风，然后你能听到它们咬牙切齿的声音，然后会看到它们的眼睛，不要跟它们对视，只要对视它们就锁定你了，会把你给吃掉。小丁听得害怕，喊着要把科普卡里的"狼"剪碎。父亲阻止了他，把他抱在怀里："别折腾了,快睡吧,我还要跟你妈睡觉呢。"

提起母亲,小丁想起了她的交代,他赶紧问父亲:"爸爸,你在外面是做什么的?怎么都不回家?"

父亲脱口就说:"我正在做地质研究。"

小丁问:"地质研究,是什么。"

"就是去找一些别人没发现过的石头。"

"嗯,很厉害吗?"

"别人没发现过,还不厉害?这么说吧,要是有一种糖,你的同学都没吃过,但是你吃过了,那你厉害吗?"

小丁听得不太明白。但他一直知道,父亲是无所不能的,不仅去过天涯海角,见过奇花异兽,还总给他找来稀奇古怪的物件。"你见过柴达木的水晶吗?你听说过佳木斯的竹片吗?"父亲说:"这些东西全世界也只有你有。"小丁喜欢极了。

他只能回答父亲:"厉……害。"他的声音小小的,父亲装作不高兴,让他喊大点声。小丁又喊了一声,可还是被嫌弃不够响亮,他只好再喊了一声——厉——害!他的小心脏怦怦地跳,想着,我爸爸最厉害,最棒了,棒到让他忘记去年中秋节，父亲说要给他带月亮上的沙子，而彼时他的工作还是月球观测员。对于六岁的小丁来说，只要是父亲说的话，他都会信。小丁总是沉醉在他的故事里，那样陌生、遥远，仿佛发生在另一个世界，而父亲是唯一折返两岸的送信人。他崇拜父亲，父亲简直就是全知全能的神。只不过，神是不能爱家庭的。所以即便同学笑他是"孤儿仔"，小丁也毫不介意，反而有些自豪。他想着，神自有神的血脉。

这天，小丁把作业写好，放在桌子上，盯着时钟，都快睡着了才听见一个声音，应该是父亲的，父亲的声音总会比门铃更早——我来了——爸爸回来了。

小丁一打开门，却发现父亲更黑了，更陌生了，他走路的姿势也变得与以往不同，像坐麻了腿，一走一抬的，再一拖拉，十足像带着条尾巴。但他脸上还笑着，让小丁给他接过行李袋。父亲就这样一步一拖拉地，走过门廊，虽然在十几秒之前，这条门廊曾经被小丁轻快、热烈、期盼的脚步声踏响。

他步步走来，可直到小丁已经把行李放到卧室回头看他,他才走到沙发边上,把背上一个巨大的行囊缓慢地卸下来。在他的腿上,没有像电视里的人一样绑着白色的绷带,这意味着父亲也许很快就会痊愈了。可是,是谁伤害了爸爸的腿?——也许是被狼咬了?或者被路匪劫持,在搏斗中受了伤?还是被某种奇异的山火烧毁或者被轰轰天雷劈中?但小丁没有问,他心里头隐隐有些害怕,害怕父亲给出一个朴素的回答,没有什么惊奇事件,没有悬念伏笔,更没有任何英雄热血。

神怎么会被狼咬住呢?

奶奶老糊涂了,以为是她别的儿子回来了,嚷着:"我是不是死了?我一定是死了,要不然怎么会看到你,阿大哟,早知让你弟去下矿喽。"父亲没有动容,没有露出哀伤或者愤怒,就像一个机器人一样。他看到桌上满满的一席饭菜,问:"小丁,你奶奶做的?"小丁回答说,我做的。或许察觉到了小丁声音的疏淡,父亲只好应了一声:"哦。"奶奶还瘫在地上哭怨着,没有人去扶她,小丁知道,她在扮演一个将死之人。她太需要发泄了。

房子里吵吵嚷嚷的,奶奶的声音像是在刷白的墙壁间来回反折，装满了悲伤和悔恨，但空气却很宁静。这对父子坐下来，姿态镇静和平常，就仿佛过往无数个日子都生活在一起一样。盛饭，夹菜，咀嚼，吐出鱼的骨骼。嘎吱嘎吱的，这是等待的声音，等其中一个人主动问起，或者，等其中一个人主动解释。

从前父亲一回来，小丁就会追着他讨礼物，甚至爬上他高大的身躯，去掏他衣服的内兜，搜他背囊里的暗袋，然而今天没有。父亲只能自己消化为——"小丁长大了"，他一边看着小丁像个成年人一样进食，一边说道。小丁除了笑笑也不知道说点什么，心里还是想和父亲亲近，但总感觉有什么东西不同了，像起了一面模糊的雾，把两人隔开了，也许他并非冷静，只是反应迟滞。

沉默是持续的，即使是在父亲收拾行囊的时候。小丁一件两件地递过他的物件，两人不声不响，像疲劳到无法开口的工人一样。低气压过境，沉沉地垂积着。父亲终于拿出一个盒子，说，这个是给你的。小丁打开一看，是一樽小小的玻璃瓶子，他拿起来，光线缓缓地暴露出里面的一枚小石子，赤黄色，不大，周身围着奇特的黑色纹路，中间有一黄赭色的圆点，看上去就像一只蜗牛，在瓶子里胆小地伏着。

"这是什么？长得好奇怪啊。"

父亲笑了，带着一种莫名其妙的狡黠，好像小丁的反应终于符合他的设想。

"我从罗布泊带过来的。"

"罗布泊？罗布泊是哪里？"听上去像"破萝卜"。

"罗布泊在新疆。"父亲拿出地图，铺在地上，上面标有许多圆圈。"罗布泊冷吗？"小丁打断了父亲。他那只巨大的成人手掌撑在地图上，正好盖住了整个青海。"冷起来挺冷的。罗布泊……是个沙漠。"

"沙漠好玩吗？"

"那里是一片荒漠，只有沙子，石头，还有一些废弃的房子，没啥人。"小丁好奇起来："废弃的房子？怎么会有废弃的房子，是那些房子太小吗？你指给我看，我要去那里，找一个比这个家大的房子，自己住，不要奶奶。"当然最后这句小丁没有说出口。

父亲在地图上找了一会儿，他陆续指出了吐鲁番，巴音郭楞，孔雀河，然后说："地图上没有。"怎么会没有？小丁有些失落，对这块石头也是。他望着父亲，微微努着嘴，呼出来一口气，那是一种没有掩藏的嫌弃。父亲一下就看出来了，他打开手机，搜了罗布泊的图片，递给小丁看。手机里的罗布泊，荒凉的戈壁，是漫天漫地的土黄色，色彩萧索单调，还有一些从地上拔起的石头，像刺一样地指着外太空，遭遗弃的房子没有屋顶，像空的蛋糕盒挤在一起。四处没有一点绿色，也没有人烟。

"爸爸，你去这里干什么？一个被人不要了的地方？"其实小丁想问的是——你是捡了一颗别人不要的石头给我么？

父亲说："你忘了么。我在这里研究外太空呀！其实，这块石头不是普通的石头，它是有生命的。爸爸不会送你普通的东西，但是这关系到我大半辈子的研究，你可要认真听了，而且不能告诉任何人，包括你奶奶，包括你最好的同学。"小丁努力地点头，他心里想着，没事，我会守口如瓶的。因为他并没有"最好的同学"。

"你知道霍金吗？"父亲一边看着手机，一边问小丁。小丁兴奋地说："我知道霍金，是那个那个霍金，对么。"小丁比了一个夸张的动作，把舌头也伸出来挂在嘴边。父亲看到，立刻敲了他的头，说："你不能这样，霍金可是伟大的科学家！"小丁是乖顺的，见父亲生气，他一下就把手背在身后，低头看着自己小小的脚掌，站在地图边上，嗯，大概能踩住一两个东南省份。

"爸爸在罗布泊监察天文，检测到了一道辐射讯号。"小丁好奇地问："什么是辐射讯号？"

"你可以理解成是一道短信，只是这条短信能传到外太空去，跟别的星球联系。"

"外太空，是不是传给外星人！"小丁滞后的惊呼，打乱了父亲的节奏。看他在原地兴奋地跳着，父亲缓缓地说，别——急——你还听不听我继续说？这信息说了啥，你不想知道吗？我们集结了很多语言学家，才把它翻译出来呢。对喽——想知道就好好坐着，对，坐好。

这道信息说了几个关键词——父亲依然拿着手机，一个词一个词地从他嘴里蹦出来——"坠毁"、"能源"、"救援"。父亲的眼睛快速地转动着，像是在思想着什么，但他又时不时看着小丁，那眼神坚定中带着轻佻，难免令人认为他在故作悬疑。这些词语像是兴奋剂一样，让小丁激动得涨红了脸，他手舞足蹈地问："是不是……是不是一个外星人的飞船坠毁了，向外太空求助啊？"他的语句紊乱，很努力才拼凑出一点样子来。

父亲听得很吃力，但他依然听懂了小丁的意思，他顿了顿才说："差不多吧。这个讯号，根据我们考察，是一个外星人在星际探索时，不小心坠到罗布泊，而且剩下的能源也不足以支撑它重新出发了，它需要同伴来救它，所以它向外太空的同伴报地址，但可惜的是，它误以为罗布泊是别的地方，你说这个外星人是不是挺傻的。"真傻，小丁心里想，要是换成自己，肯定不会报错，虽然这样想，他又替人家感到遗憾——外星人的朋友可能再也找不到它了，在那种地方，抱着最后的一丝生机，却发错了信息，多可怜啊。

"那你们找到那个外星人了吗？"小丁追问道，他想着，也许人类会给外星人帮助，至少像他爸爸这样的英雄就会。父亲点了点头："我们抓住了它！我们需要搞清楚它们来地球做什么，经过严密的研究和解析，我终于发现这种外星人有一个特殊的任务，专门针对地球的。"

小丁完全沉浸在父亲的故事里:"针对地球?"父亲接着说:"它们在侦查我们地球,是不是为了灭绝人类毁坏地球,我不知道,但它们的确在收集各种信息,我们科学家认为,敌暗我明,总归是不太好。所以……"

"所以什么?"小丁追着问。他起初对外星人的同情已经消失,在他的想象里,事件也面目全非,那个讯号,已经不是一个好人身于绝境之中的惊险呼救,而是入侵地球的坏人,向同伴发出请求增援的敌讯。父亲有些得意,他说话的语气都轻飘飘起来了,像是在享受着小丁的崇拜。他说:"所以……我们把它抓了关起来转移到别处,这样它的定位也不可能被准确勘测到,即使它之前发出的定位是错的,但为了更保险,我们必须这样做。"

小丁问:"那你们把它带到哪里去了?"父亲笑了笑,像是猜到了他会这样问。他抬了抬下巴,示意小丁看向自己的手掌,是的,那个瓶子和里面的蜗牛石头。小丁困惑不已,外星人跟这个石头有什么关系?还没等父亲回答,小丁已经猜到了,他问父亲:"这个石头,就是外星人?"他并不愿意相信。

"怎么样？没有想到吧？它伪装成这样，我们也是花了很大的工夫才发现的。其实也不是伪装，它本来就长这样，事实上，在我们生活的这个世界里，有许多物质都超出我们的想象，它们很可能来自于外太空，却被我们人类长期以为是地球本有的。根据各种数据，我们推测它已经来地球很久了，至少也得有十一二年。"

"那时候，我还没出生对么？可是它怎么还会认错呢。"父亲站了起来，他拿起保温壶给自己倒了一杯水，只是握着没有喝。他看上去有点迟疑，过了好一会儿才说："在罗布泊那样偏僻而且开阔的地方，要不是那个讯号，我们都发现不了它。我们怀疑，它在地球上的行动非常迟缓，比蜗牛还慢，它们通过保持慢速活动来降低能量消耗。它们的能量非常宝贵，不能轻易浪费，但是，它们会在关键时刻集中爆发，比如向外太空发送一个求救讯号。"

小丁有点蒙了，手掌的肌肉也变得沉重和迟钝，他慢慢把手上的玻璃瓶放到盒子里。父亲没看出小丁是被惊着了，还以为是他听不懂，只好又重新解释了两次，每一次都说得比上一次坚实，像是在加固水泥一样。他说:"现在我们将这种外星人,或者说这种外来物质,命名为'矶'。现在,这个'矶'就交给你了,你要保护好它,不能让它释放出来。"

"为什么?它还活着吗?"小丁原本以为,外星人耗尽了最后一点能量,已经死去,就像一只蜗牛只剩下外壳。他又想,父亲为什么把这么重要的东西给他。父亲只是说:"当然还活着,我们无法预估它剩下的能量还能做什么事,总之你把它保存好,也不要给别人看,这是我们俩之间的秘密。"父亲的声音小了起来,就好像周遭还有别人似的,小丁痴痴地点了点头,或许这是父亲表达爱的一种方式,把独特无二的东西交给他,是对他的信任。他是父亲唯一的儿子,不给他给谁呢。

这么一想,小丁就有些感动了,甚至自责起来:他不该对父亲的腿感到害怕和厌嫌,一个跛脚的神仍然是神。父亲只是从神坛走了下来,带着过去前所未有的正视,给予弱小的他一些任务。据此,小丁推测,父亲一定是在和外星人战斗中负了伤,虽然他没想明白,这样一只蜗牛如何能伤害父亲,但不管如何,他已经下定决心,要替父亲看守住这个外星人。

夜晚,他和父亲睡在一张床上,父亲又讲了许多有趣的故事,但小丁,总是悬着一颗心,一颗纯朴的守卫者的心。隔天去学校上课,出门前他向父亲再三确认:"爸爸,我放学回来还能看到你吗?"得到了父亲肯定的答复后,他依然心存惴惴,不时会想起藏在存钱盒里的"矶"——它会不会偷偷苏醒?会不会把家的住址暴露?甚至,奶奶会不会去偷他的钱,然后把玻璃瓶打碎了。她自从精神不太好以后,什么事都可能做。

小丁就像是得了疑心症,以致于看不见淘气鬼抬起的脚。他被绊倒了,发出了巨大的声响,一张桌子被他推倒了,一个热水杯被他打翻了,一个女同学被他吓到了。没等小丁站起来,他就已经背上了所有过失,但此刻他只想在地上趴一会儿。反正没有人来扶他。他轰鸣的耳朵里,能听到的只有惊呼和笑声,笑声不大,也不多,但是足够清晰。

小丁缓慢地站了起来,摸到了自己的血,带着一点余温,有黏稠的腥气。小丁痛感迟钝,忍受力过人,他以为这是自己的优长,可唯独这次,疼痛就像沙漠鹫一样盘踞着,经久不散,他的泪腺也仿佛遭到重创,眼泪止不住地从眼眶里涌出来，但他认为，那是生理的。男人有泪不轻弹，他爸爸说过。所以他很努力地说服自己："你不觉得委屈，你不能委屈，委屈的人不配做神的儿子。"

他的眼泪与血液，在阳光下显现出湿润的焦色，却被人群视为一种示弱。小丁趴在地上的时候，他们嘲笑，但嘲笑里也有几分害怕。可小丁站起来了，那么嘲笑就没有负担。人群当中有人给了他纸巾，是个男孩，女孩是不敢去的，一个是对红色的恐惧，另一个是怕被人起哄。男孩也没有对小丁说什么宽慰的话，只是把纸巾打开来扔给他，就像在施舍。小丁坐回原位，他一点复仇心都没有。他只是在想，凭自己的本事，怎么完成父亲的任务呢？一个影响全人类的任务。

晚上回了家，父亲也没有发现自己受伤，小丁做完作业后问他："爸爸，我要怎么变强？"父亲坐在原本属于奶奶的位子上，一边把烤鱿鱼干撕成丝儿，一边喝酒看电视。他说："你长大了就变强了。"小丁听出了父亲的敷衍，但他依然顺着问下去："那怎么样能长大呢，爸爸。"父亲回答说："吃多点不就能长大了吗？"小丁觉得有理，一鼓作气吃了四个苹果，和冰箱里的两个冷馒头。在那个晚上，他给自己制定了变强的计划——吃、跑步、跳绳、克服睡意、保持机警。他听父亲说过熬鹰的故事。

洗完澡以后，小丁就一直盯着"矶"，暗暗立下宏愿，今晚坚决不睡觉。一直僵持到夜里两点多，小丁才被困意击溃，其实，他也看不出"矶"认主了没，它就像一块最普通的石头子儿，保持着最普通的静止。课间，小丁会去操场上跑步，他想，打不过对手，至少还可以逃跑。如此一来，倒是很少人捉弄小丁了，一是没什么机会，下课都见不到他人影，二是淘气鬼们看到他日复一日地跑步，猜测那是小丁在为复仇蓄力，既然有这样的野心，想来不能再轻视，只好欺负别的人去了。小丁一跑，就是大半个月，夜里只睡四个小时，后来是三小时，两小时，他变得更黑更瘦，像一只小山羊。父亲一直也没有察觉，直到有一次给小丁试卷签名，抬头一看却差点认不出来，才发现儿子的奇异，他心想儿子是不是生病了。他问："你最近哪里不舒服吗？"小丁说："没有。"父亲心安了些，却听见小丁说："我会完成好守护任务的。"

一个月以后，小丁终于把"矶"带到学校来。小丁想，带到学校来就不用担心在家的奶奶了，毕竟她随时都可能失控，有一次他回家，看见奶奶正在他的床上大便，自那天起，小丁就笃定要贴身保护"矶"，反正他很会跑，不怕。可事情就坏在这里，他变得越来越焦躁，或许是缺乏睡眠的缘故，他依然尝试着熬"矶"；又或许是因为父亲要走了，他说腿看上去已经好不了了，再休养也是无益。他想去海南看看，那里有台风，风眼中会形成特殊的磁场，再者，阳光和海风没准能治愈他的腿。当然，小丁心里焦躁，更可能是因为人们忽视他，他怀念起过去被欺负的感觉，即便是恶意的。现在他迫切地需要一个对手，迫切地想成为一个英雄，一个像父亲一样的英雄。

那天在劳动手工课上，女老师要求用黏土做出一只动物。因为三排座位共享一把儿童剪刀，小丁不得不和前后排的同学组成一个小组，他们之间没有对话，彼此沉默，各自钻营桌上的一撮黏土。小丁设想过无数种动物，像是科普卡在眼前一张张滑过，狼，狗，猪，骆驼，食蚁兽，猛犸象，蜗牛，蜗牛，他想要制作一只蜗牛。他鼓起勇气，把"矶"从书包的内囊里拿出来，对照着。

它如果不是"矶"，那不过就是一颗别致的石头。小丁用剪刀在黏土上割出一道道浅浅的痕迹，这是纹路，这是圆点，这是"矶"。他霸占了剪刀太久，引起了同组人的不满，一个男孩去拉扯他，可他依然紧紧地盯着，像是盯着，那块黏土就能活起来，变成一只真正的蜗牛，或者说，一个真正的"矶"。男孩被小丁推倒了，因为他想用手掌压扁小丁的作品，小丁冷巴巴地对他说："你再来，我就捅你。"小丁挥了挥手上的剪刀，周遭的同学都吓怔了，他们看着小丁完成了最后的一刀。小丁的手颤抖着，或许这是他上学以来最完美的作品。他把黏土高高地举起来，大声地喊："老师我做好了。"

"那这位同学，麻烦你跟老师介绍一下——你最喜欢的动物吧。"老师显然没有预料到会有学生打断课堂，但她依然保持着温柔的声调。小丁没有再说话，人们都等着，等了一会儿，或许觉得有些尴尬，老师从讲台走到他身边,问他,这是一只蜗牛,对么?小丁摇了摇头说,这是"矶",是一种外星人。他的声音坚定,从骨骼内部发出来似的,但在此时却显得滑稽而残酷,就像是用严肃的语气讲一个笑话,人们剧烈持久的笑声佐证了这一点。那个被推倒的男同学站在他身后,很恶毒地凑到小丁耳边说:"你妈才是鸡。"

手工课老师用手掌压住笑声,和蔼地说:"这位同学的想象力真棒!还有没有其他同学已经捏好的呢?"小丁没有沮丧,他只是轻蔑地笑了笑,从他鼻息里发出的气声,在教室里听起来无比厚重,他的神情那样庄严,仿佛他是一个在凡间历练的神灵。他看了看黏土,又看了看"矶",还听到一个女同学告诉老师的悄悄话,她说:"他这里有点问题。"小丁十分镇定,直到他坐下来,而身下只有空气与结实的地面。

课后,一些男孩不怀好意,向小丁凑过来,敌意有种辛辣的气味。有那么一刻,小丁觉得自己像"矶",在荒凉的罗布泊中孤立无援,而科学家们正四面八方向他接近。为首的男孩坐在他前座,故作好问地说:"你快告诉我吧,小丁老师,这个外星人会不会绑架人呀?"

他一边说,一边拿起小丁的黏土,在左右手之间换抛。小丁说:"我爸爸是天文科学家,他抓到了一个外星人,就是长这样。"小丁假意收拾文具,悄悄把笔盒里的玻璃瓶攥进手里,又在嘴上提了一句——"你知道罗布泊吗?"

小丁模仿起父亲,把"矶"的故事复述了一遍,尽管很吃力,男孩们依然认真地听完了,有嗤之以鼻的,也有沉默的,但首领的那一个,坚决说这都是小丁瞎编的,他说:"要是这么大的事,怎么没有新闻?"其他男孩们也附和着。首领趁上课铃响,用手指把小丁的黏土碾扁了,还威胁小丁:"明天你最好拿出证据来,不然就揍你。"

对于男孩们的威胁,小丁是不怕的,他知道自己很能跑,大不了一跑了之。但他心里也不免怀疑,这么大的新闻,应该全世界都会知道吧?毕竟抵御外星人,可是全人类、全世界的大事。他回到家,心不在焉的,父亲正在收拾行囊,他说:"儿子,我待会就要走了,你坐在这儿,陪爸爸收拾衣服吧。"小丁说好,但他又问:"你什么时候回来啊,爸爸。"父亲没有回答他,"奶奶要是死了怎么办?""那你就用奶奶的手机打给我。"

"那你可要记得接啊爸爸。"

沉默了一阵,小丁又问:"爸爸,海南远吗?"

"不远。"父亲神色冷淡,他把最后一件衣服塞进行囊。

爸爸,这么晚了还会有车吗?父亲没有回答。——爸爸,那里是不是要游泳才能到啊?爸爸,你会游泳吗?你带救生圈了吗?父亲依然没有回答。——爸爸,你会被人欺负吗?——爸爸,你会想我吗?——爸爸,你吃糖吗?——爸爸,你带够钱了吗?——爸爸,我还要保护它到什么时候?——爸爸,你现在就要走了吗?

小丁的问题一个接着一个地抛出来,父亲坐在沙发上,看着他,没有任何要给出回应的意思——直到小丁问:"爸爸,你是不是骗我的?"

父亲笑了起来,说:"爸爸从来都没有骗过你,以前不会,现在不会,未来也不会。"小丁说:"这话你说过,妈妈听过,奶奶也听过。"父亲问:"那你说,我能骗你什么?"小丁从书包里掏出"矶"说:"这个是不是假的,假如它是真的,为什么新闻都没有报道?"听到问题，父亲明显受到震动，或许他以为小丁会问别的。

　　父亲有点失望，但依然打开了手机，搜索"罗布泊讯号"，他把这条新闻给小丁看，他说："你看，我没有骗你，这是真的。"小丁其实看不太懂，但他看到霍金的名字，对的，一个他善于模仿的科学家，他还看到了"外星人"，看到了"求救"，看到了"地球坐标"，他很兴奋，就像一只被困在小水洼里的蝌蚪，一下子遇到了甘霖的打救。小丁抬起头，对父亲说："爸爸，对不起。"

　　父亲说："没事。"他浅浅地抱了小丁一下，又起身背起行囊，拖着腿走到门口。他跟小丁说："你要相信爸爸，守卫好外星人，别让它跑了——等我回来，我会回来的。"小丁点了点头，任由父亲离开，就像几年前任由母亲离开一样。这天黄昏，夕阳的光线是黯淡的，又是明亮的，父亲走了，但他也留下了一笔重要的证物，就像族长的戒指或者酋长的人兽牙一样。在这个寂寞的夜晚，小丁睡不着，很兴奋，兴奋到忘了查看自己的存钱盒。

　　隔天到了学校，第一节下课，男孩们显然没有忘记昨天的事，这也是小丁所期望的，你们可最好别忘了。小丁指着当中有手机的那一个说："你用手机搜索'罗布泊讯号'，就能看到我的证据了。"男孩们将信将疑，那一个只好把手机掏出来，查了一下，接着，手机在人群中传递，他们好像都愿意相信小丁的话是真的了，包括那个首领。小丁得意扬扬，他眼角明明飞起来了，却装作没有看他们，一副胸有成竹的样子，就好像那传阅的，是他的一块奖牌，他握着玻璃瓶的手心甚至兴奋得出了汗。

可是没等小丁得意太久，男孩们当中有一个机灵鬼突然说："这明明是四月一号愚人节发的，你被骗了傻瓜，把四月一发的消息当成真的！"男孩们又纷纷回传，嘴上说着："还真的是耶！"首领也嘲讽小丁："你果真是科学家的儿子，真聪明呢！"小丁有些火急，直接把人家手机夺过来看，这一夺，阴阳怪气的说辞就从男孩间蔓延开来——哟！气不过就抢东西嘞！大家快来看啊，这里有个骗子，哎哟喂，骗子还撒野了！他爸爸抓了一个外星人，我们抓了一个大骗子！

没等小丁看仔细，手机就被夺回去了。男孩们推搡他，还说要给老师打报告，说小丁是骗子。那确实是四月一号的新闻。小丁的脑袋一下就懵了，像被闪电击中了头皮，阵阵地发着疼，甚至还有些晕眩感。他听到有人说："不，他爸爸才是大骗子，他是大骗子生出来的小骗子。"小丁想跑，可是人们围住他，脸颊发烫，脚跟发软，像是生了病。他忽然渴望有一个真的疾病或者痛苦，将他暂时带离这里，就像母亲掐他脖子的时候，他总要提前表演窒息，那会好受很多。

然而不可能了，没有人能够救他，即便是疼痛也不能，如果爸爸在就好了，小丁突然想起父亲在离开时说的那句话——你要相信爸爸。父亲可是他的天神，他总能像天降一样，带给他沐浴的圣光。小丁突然抬起手，把手掌打开，玻璃瓶里明晃晃地置着那颗"矶"。它——就——是——外——星——人。人们看着他，先是愣住了，然后想笑，又没笑，像是在等大家伙的节奏一样。终于他们哄堂大笑，像一连串传导的雷，吸引了旁近教室的人都来张望。

"哈哈！又捏了一个蜗牛是么！别搞笑了！怎么你还演上了，真以为自己拯救地球呢！"其中又有人怂恿小丁："那你放出来看呀，看会不会把我们绑架到外太空去了呀！我好害怕哟！"人们复制着语言，一些人在假装发抖，喊着："我好怕怕。"小丁看着他们，心生悲凉，甚至有鱼死网破的欲望，但他转念又想，任务不容许失败。可——假如这一切是假的，假如它真的只是一个普通的石头……他不敢想，不，这不可能是假的，爸爸不会骗我的！

首领看不下去了，他伸手去抢小丁的玻璃瓶。但是小丁反应很快，他迅速缩回了手掌。首领不悦，他故作中立地说："你总该打开拿出来看看嘛，要不然我们怎么相信你呢？凡事要讲个证据嘛，是不是？"小丁说："不能打开！我答应了爸爸不可以打开，它……它会逃跑的。"首领又说："那你就是骗人的！"人们又跟着起哄。他们整齐地喊着——骗人的！骗人的！小丁！骗人的！声音像潮水一阵阵地向小丁打来，几个按捺不住的男孩已经上手要抢他的玻璃瓶，小丁把手掖进腰间，身体蜷缩，像一只蜗牛，可他的背部挨着拳头，他咬着牙，心想，爸爸，我快撑不住了，快救我。

父亲当然不可能出现，小丁耗尽了最后的气力，把压在身上的人甩下去。他心里祈祷着，神只能以神迹震撼世人，从而得到凡间的敬重。对不起，爸爸。

小丁把玻璃瓶举高，然后站到了桌子上，他轻轻地拔开玻璃瓶的软木塞，发出沉闷的一声"噗"，蜗牛石没有任何异动。可是小丁却说："你们看到了吗？它在动。它在动。"男孩们看着，很快就否定了他："你别演了，这就是一块破石头，傻子！"

"不，它在动！"小丁的声音带着哭腔。一本书击中了他，玻璃瓶摔在地上，碎了。小丁急忙伏在地上，疯狂地寻找"矶"——它会逃跑的。在别的桌下，他终于看到了它，其他男孩也看见了，他们甚至比小丁更先捡到。他们一边笑着，一边将它互相扔来扔去，仿佛那只是一颗骰子，或者是玻璃珠。

小丁急哭了，他的眼泪不竭地流着，好在他终于在别人的失手下抢回了"矶"，可他伏在地上的脸却被一只鞋踩中。尘土的味道在眩晕之中变得更浓烈，小丁心里却在想——原来它摸起来是这样的。就在这时，他看见"矶"的纹路上泛出一层淡蓝色的光，然后是橘黄色，它开始在小丁手中旋转起来，慢慢升腾，飞到半空中。天一下也阴沉了，乌云从各个方向聚集，雷声乍响，越来越多蓝白色的光在天云间爆炸。

小丁看得痴了，魔怔了，心里的兴奋和恐惧纠缠在一起，这是真的，这真的是真的。"矶"越升越高，从中间的圆点释放出金色的光线，原来是一些像沙子的颗粒，它们瀑布一样降到地面，然后又弹起来，数量越来越多，无尽藏似的。"沙子"逐渐绕旋起来，形成风和不停上下循环流动的沙柱，在小丁面前显得异常高大。接着，它们移动了，从教室的窗外出去，这里的空间太狭小。"沙卷风"的周遭变得黯淡，仿佛它们正在把光一口一口地吞食掉。

它们膨胀的速度飞快，天地顷刻又变色，变得黄而更浑浊，小丁看见，地上崛起了一根根尖锐的土刺，剑拔弩张地朝向天空，树木瞬时枯萎，四周扬起巨大的沙尘暴，而他似乎是唯一身在其中的人。他看到沙柱成千上万地裂变着，直至旋转的"矶"里面钻出来两片赤黄色的翅膀，然后是一个鸡冠样的沙子聚合物，接着是五只巨大的眼珠子，还有一些复杂的器官，比如巨蚊的吻部，壁虎吸盘样的器官贴在鸡冠两边。这真是一个怪物，和小丁科普卡上的哪一只动物，都不像。

小丁已经吓得坐在地上，他十分惊恐，但他也赞叹，这是多么美的怪物啊，多么奇特呀，"世上仅有"。只见那怪物在天空中痉挛颤抖了一下，然后横霸地将巨翅完全展开，它高高抬起奇长的吻部，就像是要重重地刺向小丁，可瞬间，只见周遭的砂砾烟尘都瞬间被它吸进去了，伴着极度刺耳的声音，连耳蜗都要被震碎了，那声音的能量波动之大，足以让人惊厥。

正是这样的一声昆仑玉碎，小丁晕了过去，像坠入到一边湖水之中，又或者是沙漠——罗布泊的沙漠，沙漠中有一片是空荡荡的房子，没有盖子，如同废弃的畜栏，原本产肉和奶的动物们此时已经离散，留下了无尽的空旷和盛大的寂寞，以致于闭着眼睛也能感受得到，那种苍茫荒凉的气息。你要相信……你要相信……小丁嘴里含着这几个字，一直说个不停，仿佛可以永远地念下去，念到时间的尽头，念到历史不可被记叙的时候……

当他从昏沉间醒来，世上就多了一个甘受寂寞的儿子，一个不再悄悄声张父亲的儿子。

跨界

冯先生去世了两个月,他的遗孀已经过了伤心的季节。

今年的冬天,称得上是澳门近年来最冻的一个冬天。朝早,她赤着脚,刚刚下地,就仿佛踩到烧铁似的,跳回到床上。从脚底板的肌肤所感受到的余冷,让她想起了数年前在北京生活的日子——在青年路附近租的一间小房子里,有一年冬季,暖气片坏了,每天她都能被冻醒,那种冷,是冷进毛孔里的,从毛孔,又传到胃部,再到心脏。

但北京的冷始终不一样,毕竟那时还有旗鼓相当的暖。

五年前,她和冯先生还只是男女朋友。那年的情人节是一个下雪天,冯先生带她去颐和园散步。他们从仁寿门走到玉澜堂,又到对鸥舫,向湖望去,傍晚的太阳微微露出的橙光,照在昆明湖的冰面上,把荒芜的景色照得穿金戴银。冯先生还问了她一句,这里叫对鸥舫,你知道么?她说,上面不写着么?冯先生说,要是有船就好了,以前皇帝和妃子游玩昆明湖,都在这里上下船。她故作怀疑地问,是这样么?男人说,是啊,不然怎么叫对鸥舫。他邪邪地看着她,她却把男人的话误认作一种才学。

穿过西堤,雪变得大起来,冯先生没有打伞,雪花肆无忌惮地打在羽绒服上,有的也闯进鼻息里,带着一点湿润。她看着银白纷扬的景色,只觉得雪花很美,就像糖霜一样,不然男人怎么会在柳桥的遮檐下,把她嘴上的雪吻化。他那时就是一个贪吃的人,不是么?她还记得后来两人在谐趣园的无障碍厕所里,接吻了半小时。谐趣园在颐和园的边角上,也许是因为雪天,到那里的人并不多。当时她已经累得在喘气,指了指女厕,跟男人说,衣服被雪打湿了,我得去擦一下,男人嘴上说好,却牵着她的手往无障碍厕所走。

明明他俩是正儿八经的情侣,却有了一种偷欢的刺激感,冯太太心里想,年轻时的身体,或许总是热量旺盛,何况两人刚确认关系不久,难免能如新柴大火般不惧寒凉,直至她赤裸的腰背,不小心撞到了贴着瓷砖的墙,才感到冰冻。两人只好匆匆离开了厕所,笑着打趣对方,指责彼此猴急,冯先生还说,要是冻结在上面就好笑了,像用舌头舔电线杆一样。她打了男人一小拳,笑着说,你才舔电线杆呢!心里想的却是,冻坏了那也值得。

冯太太坐在床上,双脚叠着搓了搓。其实在北方,也只有厕所里那种湿漉漉的冷,才和南中国的冷相似。她蜷着又躺下去,微微发着抖,像一个陌生人一样,看了看四周,其实房子很小,但澳门房价不低,学校能分给她这样一间五脏俱全的公寓,她已经很满足。只是一个人睡,竟然感觉比两个人要逼仄,比谐趣园的无障碍厕所还要逼仄,不知道是温度低落带来了空间上的错觉,还是别的什么原因。总之,她想不明白。

她回头看了看床头上方,婚纱合影还没有撤下来,照片里他笑着，她也笑着。嗯，现在他死了。她端详着，入了神，笑起来的自己真年轻，仿佛对未来有坚定的信心。那时冯先生，是国内颇有成果的优秀博士，年轻有为，虽然算不上业内顶尖的青年，但在科技企业遍布、高校林立的北京，已经有了一点微薄的名声；她自己也从音乐学院毕了业，在文化机构里做演出策划，经过一个引进的音乐剧项目，攒下了些成绩，只是她不太会来事儿，自己干了活也没人发现，风头总被别人出了，但她倒很会安慰自己：没有风头，风景也够啦。

冷意渐退，她伸下腿，探着床单垂裾下的棉拖，起床，接热水，洗脸，刷牙，放音乐，再打一个鸡蛋，面包机里只放一片吐司，两片她是吃不下的。音乐是歌剧《费加罗的婚礼》，但她没有跟着哼，只是一边做家事、吃早餐、发会儿呆，等到足够醒定的时候，已经过了一小时，她还以为自己只听了半小时，不应该的，这些歌剧她很熟的呀，她甚至怀疑起，是不是有一段时间，被外星人偷去了，冯先生以前会给她讲科幻故事，比如自由穿梭的男人，去不同的情人家幽会。

听着听着，她怀疑早上煎的鸡蛋是坏的，只是放了过多的黑椒,她一时没有闻出来,但她的肠胃比嗅觉要敏感,已经在咕嘟绞痛,像是抗议。她着急地从卧室跑到厕所,门也没有关,自从丧偶后这扇门就失去了作用。厕所的门口对着一幅画,是冯先生送她的,但并非他亲手画的,是一个女画家画的,结婚纪念日的礼物。画中是一个男人的裸体,阳具高耸,覆盖着一笔刺痛眼睛的肉红油彩。

画其实一般般,女画家倒是挺漂亮的,冯先生的葬礼上,她见到过。其实纪念日的时候,她就想问冯先生,这个男人是你吗?但她没有问,只是说,谢谢老公,祝我们结婚五周年的纪念日快乐!斯人已逝,望着这幅画,她想不到性爱,那笔油彩倒像一根大肠。冯太太不再慎独,她开着门,任由便意像鞭炮一样,自由地炸响回荡,竟也盖过了房间CD机里传来的男中音。这是一个人的锣鼓喧天。

怎么会呢?当回到房间,拿出柜子里的喇叭正露丸时,她察觉不妙——CD机可能坏了,它的声音变得很小,像流氓的口哨一样。她按来按去,并没有什么好转,又找不到说明书,拍了两下,CD机就干脆一声不吭了，像在冷战。她心里想，还说什么高科技产品！质量也太差了！还是死鬼老公挑的呢。她很喜欢这个词，"死鬼老公"，这是广东话里的智慧。心里一骂，没有疏通一点不快，反而勾起了更多污糟的记忆，它们就像从堵塞的马桶里涌出来，令人更懊恼。冯太太一气之下，抬起机器往地上砸。

忽而她又想到什么似的，慌了起来，赶紧取出里面的光碟，放进盒子里。她力气还是小了点，机子被这么一砸，只是有些掉漆和开裂，原来大体的模样还能保留着。她是不想修了，有些东西，是修不好的，比如人死不能复生，爱恋热情难久，还有，青春一去不回。她在阳台的角落里，找出当初的包装箱，把CD机的残骸收好填进去。她摸到机器的温度，感觉就和太平间里冯先生的尸体一样。死亡报告说，他是过度疲劳，猝死的。唉，高科技产品。她想起那时还在北京念书，被一个好社交的女友带去听讲座，冯先生就在座席上侃侃而谈："科技与音乐如何跨界？"

好几年了，她忘了两人是怎么走在一起的，可能是在讲座上，她提了问，而他恰好作了答。她真的有些忘了。她能记得清晰的,只有这个讲题,因为两人确定关系后,女友总是调笑她说:你们俩的关系不就是科技与音乐跨界融合吗?女友在说到"融合"二字的时候,笑容里总有某种暧昧的意味。但周围人都想不到,现在一双璧人阴阳两隔,再也"跨界"不能了。

今天下午,照例她先要到办公楼开个会,再给学校的音乐剧社带这学期最后一次训练课。她拉开衣柜,扫了一眼,她的衣服都是朴素端庄的,符合大众对一个知识分子妻子所有着装上的认同。自己的裙子从前只能放在底层,中间层让位给了冯先生的西装,他总会出席一些重要的会议和晚宴,见一些重要的人,只是不知道包不包括那个女画家?那个女人来追悼会的时候,穿着一件黑色的紧身裙,手腕上还绑着一朵白色的花,在人群中显得与众不同,更像位新娘多点。女画家的眼泪令她不安——怎么就不能潇洒一点,已经占有了她所占有的身体,还不够吗?还要分享她的感情,她遗孀的身份,她流泪的权利吗?

好在她也没有输尽。她踏着一双黑皮高跟鞋,拉上拉链,黑皮裹住了踝上的棉紧身裤边。她细细地挑选自己的围巾，就像过去为冯先生挑选领带一样。她的围巾要比衣服稍稍长，是每个女老师都少不了的那种围巾。她最看不上的是厚重的针织围脖，像要把人拉到地下去，走起来不生风，虽然保暖却没有美感。她对着镜子，绑上雪纺巾子后，还要捏摆一会儿，精致得仿佛是有人替她围上似的。巾子是红颜色的，就像一片火烧云，尽管起不了暖身的功用，但红艳艳的，好歹添一点娇美的色泽。她忽然想到，其实，假使现在有个人给她围上针织围脖，那无论多丑多厚重，她也是愿意的。最好，是那个人。

不出一刻钟，她上了巴士，车上大抵都是学生，偶尔遇到几个教授学者，几乎都在看报纸，或是发着呆，也有一边看着书，一边给自己挂上助听器的。她在学校里没什么地位，可有可无，她只是因为追随南下科研的丈夫，才勉强在学校里得到一个教职，给音乐剧社做教练，如今丈夫已经死了，估计合同一到期，她就得收席走人。车过了隧道，她下了车，穿过一个操场，有很多年轻的男学生在这里打球，热气腾腾的，就像一台鼓涌的老北京红铜火锅，让人禁不住要往额面上摆手扇风。

她快步走入教学楼,却下楼梯到了停车场,在看见一辆熟悉的银色车后,才坐着电梯到了三楼。在卫生间的镜子前,她整理了自己的妆容,又敛了敛被风吹乱的头发。虽然让她给一百个人端着放大镜看,也未必有人说得上来究竟哪根头发丝乱了。但是,三楼女厕对她来说,是必来的,这里的灯光比四楼好,人也少。除了化妆,她还会在这里唱会儿歌,起初是轻轻哼,后来也壮起胆子唱上两句。这是她的小天地。

只不过半年前,她有一次在这里唱歌,却被人发现了。她没有瞧见那个人的样子,不过他的声音倒是听得很清晰,对,那是一个男人。她正唱着歌,那个男人突然地跟唱起来,为她做和声,把她吓了一跳。她只好停下来支起耳朵听,那男人却没有停下来,倒像是鼓励她似的,继续放声歌唱,唱的也许是《茶花女》里的一段,她记不大清了。在那一刻,气氛甚至有些尴尬,她是胆小的,所以不敢从卫生间出来,即便她已经猜到了那个男人是谁。她只能听到自己的呼吸声越来越重,喉咙像是被人攥在手里,直至她听不见男人的声音了,才试探着走出厕所。回家一路,她都在想,以后该怎么面对那个男人呢？太羞耻了。

从三楼的洗手间出来，她又从楼梯下去，再坐电梯到四楼，入了办公室。那个男人已经坐在他的位置上了，电脑的光在他的眼镜片里打出一边白色。她按了按围巾，一副轻松了的语气：真怕赶不上开会！她端详着那个男人，看他笑着说："何必着急，迟到了也没事。"她认定这是男人的一种抚慰，便在自己的座位上放下包，也对他一笑，再低下头搓搓自己的手，两片纤长的手指起了温度，如她多少夜里一般。

"一起走吗？"

"噢，没事，你先去吧，我等阵再去。"她压低自己黄莺的嗓音，透漏一些诱惑的抗拒气息。但她连抬头多看一眼都不，这样才不至于使自己看上去太痴渴。假若他回头看，一定可以看见她低头闭目，却不能看到，她眯着眼睛窃情他如山的背影。

那个男人姓郑，他身形高大，可能是因为血液里有葡人的基因，长相也很俊朗，只不过他是有太太的，还有一个孩子。她看过照片，那孩子虽然还小，但五官已经有父亲的样子，长得可爱，她每次看到就觉得，那要是自己的孩子该多好。

郑老师声喉也很好,他是学校合唱团的教练,主修虽然是流行和作曲,但对美声也有涉猎,还经常请教她。她也曾偷偷看他排练,他唱歌的时候,喉结会在颈子上浮动,连到肩膊的青筋显得粗壮有力,很好看。这很羞耻,更让她厌倦自己,因为那时候自己还是有夫之妇,人家也并非单身。可是,现在一切都不同了,她也从死鬼老公身上得到了启示——有家室的男人,本来就更具魅力。如果上天能给她一些胆量,她一定会对他坦白自己的心迹。她安慰自己说,慢慢来才有情调,反正等也等这么久了,况且,少女的情怀,自己这样的年纪,居然还可以有,她想着也足够开心了。

办公室里又急匆匆进来一老师,一个刚结婚的行政人员,气喘吁吁的,还用不太爽利的普通话,笑着和她打招呼:"还不走啊,会都快开始啦!累死了!累死了!""一起走吧。"她看着这位年轻的新娘擦着汗,一副天真快乐的样子,像被婚姻生活滋润过,面色泛着光,显得明亮、细腻。她心里难免有些嫉妒,想着:或许这只是装出来的,她丈夫并不奋力,她的婆婆对她也不好,她的经期总是令人失望的准时,嗯,这一切都是装出来的。但是,她想了又想,那副神情又不像是能造作出来的,因为要让她自己来装,怕也是难,难在身老心残,最好荣华,已经不在。这不能多想了。

在会议桌上,她坐在郑老师旁边,记着这周的大小杂事,比如她今晚,就得和郑老师一起接待美国一个知名的音乐剧团,他们刚在北京表演完,今晚抵达澳门,会在学校做第一站的交流,大后日去香港。原本这是她一个人的工作,只不过郑老师主动请缨,揽下了这个任务,这样出手帮助她,在她眼里显得非常有男子气概。她也深受感动,尽管他那时分明说了:"因为我看你最近状态不是很好……"她心里只想到,或许丈夫的离去,能给她带来更多空间。

会上会毕,他们两人一共去教学楼上最后的训练课,路上也讨论着接待事宜。郑老师说:"也不知道今晚忙到什么时候。"这无论忙到什么时候,只要是和你一起,我也愿意的,她想着,却说:"真不好意思,要不是你帮我应承下来,就不用这样辛苦了,还可以早点休息。"你要不要也一起?郑老师叹了口气说:"但愿能快点结束，我晚点还得去取个东西。"她捧着保温杯，还想着要怎么接下话题，却终究没有找到一句适当的话。

她其实想说，如果晚上可以提前去买一瓶红酒就好了，家里的酒不好。嗯，应该买瓶有些年份的，牌子要正，至少要能够作为一个郑重的理由，才能邀请这位人夫到家里来喝；酒精度数还可以稍微高一点，她并不容易醉，孤身在家的时间很长，她因此练就了好酒量，虽然她或许会佯装喝醉，甚至可以去洗手间打一点腮红，但她想象对着镜子看到自己的容貌，唉，总归没有酒不醉人人自醉的信心，正恍惚之际，却听到郑老师说："你看，聊着时间就到了。"

两人教室正好在对门，各自捧杯而去，她心里想到夜里要跟郑老师一起工作，心里就不住地开心，步伐也轻飘起来，像踩着云雾升腾一样。提示上课的音乐声已经响起，几个女学生着急地跑进教室，奋力要赶在她之前，好像这样就算不得上迟到，她们七八厘米的高跟鞋在地板上敲出咯咯的笑声，十分得意。着急什么！上课还穿这么高的鞋做什么？她心里有些恼羞成怒，一方面觉得自己被比下去了，另一方面也在怀疑：合唱团那边的女孩子是不是也这么灵动？进了教室，还有学生迟到，她们进门敬个礼点点头，或者吐舌头轻咬一下，以表示抱歉。在她看来，这都是某种装可爱的把戏，她心里门儿清，但她也只是皱了皱眉头，没有多说一句话。

从前，她以为教学是困难的事，至少比策划一台音乐会还要难。记得刚开始给学生上课的时候，她的普通话因为过度标准，经常让学生们左右为难，他们不知道应该发笑好，还是要举手向她表示听不懂。她跟冯先生提起这个状况，他却说："我上课怎么就不会？你不会用英语么？教多点英美的音乐剧不就好。"她自己也以为是语言的问题，后来郑老师来听过她的课，课后帮她梳理了很多教学方法上可以改进的地方，她才意识到真正的症结所在。也是因为他，她才终于认可这份职业，当做一门可以继续发展的手艺。

她也常常以教学研究的理由去郑老师，起初倒是真心实意地想请教一二，但日子久了，就有了不同的况味。他总是温暖和煦的，在相貌谈吐的加成上，显得可爱，有着特殊的魅力。她受到吸引也是正常的，但她心里不敢承认，或者是承认了又反驳自己，反驳后又产生自我怀疑，反复纠缠着。她看到自己指上的婚戒，总是感到不安，心想：毕竟丈夫很爱我，他也很优秀，我应当知足。她很努力地对冯先生好，夸赞他，搜罗他生活中点点滴滴的闪光点，关于职业的，关于为人的，关于为夫的。她不应该去爱别的男人，何况那个男人有家室，也并不逾矩。想到这儿，她觉得危险起来：难道郑老师大胆逾矩一回，自己就会接受吗？

那次在三楼厕所的和声，她将之视为一种越界，她害怕，但是也兴奋，兴奋得明显，夜里她疯狂地向冯先生求欢，原以为可以借此弥补丈夫，弥补自己看上去忠厚老实的丈夫，可怜的他，还不知道自己妻子心间那块柔软地，已经印上了别人的脚印。可是出乎她意料，她的负罪感更重了。在和丈夫做爱的时候，有另一种更浓烈的快乐，在她身体里野草般疯长。她想着的是郑老师——他的背、他的口音、他的喉结。

她拿起水杯喝了口水，见学生们都来得差不多了，她宣布，这是本学期最后的训练，然后放了一部音乐剧给他们看，《歌剧魅影》，将灯关掉之后，她又用英语向他们介绍，这个音乐剧在当下有什么殊荣和影响力。她松懈地坐在电脑前，屏幕的数码光线照得她脸色苍白，又想，自己今天的妆会不会太简单了，衣服的色彩是否不够鲜艳，心下又焦虑起来。她又瞄了学生一眼，一个个似乎想要张嗓放声，看着音乐剧里唱得好，按捺不住也想自己试试，尤其有几个女孩子，胸脯浮浮的。她不免懊恼起来，甚至觉得课程的时间太长，她迫不及待想和郑老师待在一起了。

屏幕里，克莉丝汀唱："Say you need me with you, now and always. Promise me that all you say is true."（说你需要我，此刻到永远，向我承诺，你句句实言。）这对鸳鸯情侣在舞台上接吻，像膏药贴上了伤口，不舍得撕开。他们拥抱，在观众的掌声里，眼神中满是柔情欢乐。她默默想着，为什么我就没有机会和郑老师一起演这样的音乐剧？"Anywhere you go, let mo go too."（无论你去何方，请让我追随。）如果能在众目睽睽下和他亲吻，山盟海誓，牺牲了职业与声名，当然又更壮美。她想到这就心跳加速，如同小孩窃着了糖。

其实他们也合唱过，几个月前，他们刚刚收到乐团来访的事，讨论细节到很晚，可冯先生也没有打电话来催。他们在建议曲目上有些分歧，郑老师忽然唱起其中一首，她也不甘示弱，用歌声回击他，几个回合下来，郑老师松了口，笑笑说："反正也只是建议，决定权也不在我们手里。"她也软下来，点了点头，但心里头却非常爽快，甚至有种淤积后的舒畅，好像这样大胆地自我表达，已经是很久之前的事了，至少是在嫁给冯先生之前。郑老师问她会不会唱《蝴蝶夫人》，她说会一点，郑老师起了个头，像是在邀请她唱，她一点都不震惊，只觉得那是一种清澈的诱惑，于是很自然地也就唱了起来。她反倒为这种自然震惊，空气里忽然变得有些甜，但不是颐和园那种雪的味道、糖山楂的甜，而是带着南中国的湿润与炎热，那是一种热带的甜，荔枝的，熟芒果的，金灿灿的甜。

后来他们经常一起唱歌，主要唱歌剧里的选段，有时也会唱一点流行歌曲和音乐剧。偶然一次聊天，她得知郑太太是做珠宝行的，不会唱歌，只会专研服装首饰的搭配，一下她心里仿佛得了胜，好像音乐就是她的战场。但她并没有勇气攻城略地，毕竟还有一个专属的城池，在等着她。冯先生是固若金汤的，他逻辑很好，总能在她的质问之下，编出毫无破绽的借口，他或许周游于夜店、俱乐部、五星酒店，但在她面前展示的行动轨迹，却是教室、会议厅和学术报告厅。其实，她不再关切他的去处，她更关心有什么歌曲适合男女对唱。她和冯先生的性生活也减少了，有一次，她看见他的提包里有一板印着泰文的药，四颗剩下一颗。她不知道那是什么东西，但也没有问他，他会说是维生素片，或者是褪黑素，他甚至说那是壮阳药，也能找到借口圆下来。嗯，那么有才学的人呢。

因为这个项目，她和郑老师总是一起下班。郑老师有车，脾气好，推到他身上的事务也就多，而她有心分担。他们一下班见没什么人了，就开始唱歌，有时唱《茶花女》里的 *Parigi'o Cara*，有时唱 *Time to Say Goodbye*，有一次很晚，已经十点钟，他们从办公室出来，刚锁上门就唱起歌，这边厢一句未完，那头又已经起唱，此起彼伏，一直走到大路边，路边的灯光温和地打在他们身上、脸上，他面挂微笑，声线洪亮，两人互相应和，但他们相隔却有些距离，一个行在路的左岸，一个行在路的右岸，隔着一段路——如同传说里的银河那么远，但却好似能在歌声里完成亲密。她想，像不像那些唱山歌示爱的山民？朴实又可爱，里头还有一些无所拘束的野蛮，但其实又需要智慧，是该欲拒还迎，还是该欲言又止，分寸把握多一分少一分都会出问题。

那天，她心里补足了一切，好像舞台背景都已经布置好，天麦地麦都在等着收录进他们浪漫多情的声音。她想着想着，又觉得，其实也不是一定要舞台的，尤其是唱 *Parigi'o Cara* 的时候，他们仿佛真成了歌剧里相拥的情人，他抚摸着她的脸，她也依靠在他的柔怀中。尽管在现实中，他们之间永远隔着两三米，可歌声，就像一条穿来飘去的绸带，它滑动过他的肌体，又把温度留在她身上，她把情谊打成结，好让他稳稳抓住。尽管他是别人的丈夫。多少次，她看着他成熟的脸，他转身的背，而心生涟漪。他稳重得像一棵大树，而她想要成为夜莺，站在树上歌唱，她的纱巾如同胸脯上的羽毛，大红艳红，求偶的颜色。她听见《弄臣》里唱："不守妇道的夫人注定要下地狱。"也听见魅影唱："跟随你的灵魂，最深处的渴求。"一个她，另一个她，尾巴带钩的她,头顶光环的她,盘髮的她,露肩的她,芍药的她,芙蕖的她,终究让人在二者间疲于奔命。

虽然郑老师从没透露别的意思,但她觉得这样更美,她认定这是一种尊重,他是爱她的,带着充分的、成熟的克制,肉体上的恩爱反而显得无趣了,因为超出性与爱的真正感受,可以在音乐里完成。她总是这么劝说自己,尤其是好几次在夜里梦见和他欢爱之后。

但不知道为什么,自从冯先生死了,她就没有和郑老师再合唱过,两个月了,难道寡妇不可以褪去她的丧服吗?她不介意偷情,女画家偷得?我偷不得?她也渐渐发现,自己对丈夫的出轨并不难过,更多的情绪是愤怒,是一个女人与另一个女人之间的比较——我究竟哪一点不如她?还是仅仅因为旧不如新?那么,她也要去别人那儿做"新"。她总被自己的想法惊着。她想起看过香港电影里说的一个词——"北姑",那是一个贬义的词,大意是从事性工作的北方女人。现在她理解这个词,不知怎的,会有莫名其妙的荣耀感,好像成为其他女人的焦虑,亦是功勋一件。

下课的音乐响起,她关掉了视频,宣布结束训练。

眼睛盯着荧屏太久，难免酸涩干枯，她滴了几滴眼药水，眨了眨眼睛，走出教室，却看见郑老师微笑着走过来，两人习惯地走向楼梯间。男人突然说："晚上不去接他们了，据说北京那边天气不好，他们的飞机延误了。"

"是吗。那他们今天过不来了？"她担忧地问。

"过得来他们也直接去酒店，明天咱再和他们联系。"她的心脏像个气球被扎破了般。还想着能和他待久一些，唉，一下成了泡影。

郑老师无所谓地摊了摊手，又伸了个懒腰。下楼梯的时候，她只觉得是一阶一阶地下坠，熬过一下午的课，以为好时光要到了，却终究没来。郑老师走在前面，一走出教学楼，说："唉，今天天气不好。"是呀，特别不好。风很大，她的围巾起不了一点暖意。郑老师说："时候不早了，我不上去了。"

她转身，问："怎么了？那么着急回去啊？"

"没有，今天孩子生日，还好今晚的事儿取消了！我正好要去东望洋提蛋糕，走啦！"他入了办公楼，就走向通过地下停车场的楼梯，一边回头摆摆手说。

她哑言。她没有上楼，只是等那辆银色车从地下停车场出来，开过办公楼大门。眼睛里，一座山已经去远。她拿走放在办公室的包包，站在路边，等车。这会儿，冷空气似乎能闯进她的所有器官，风在胸口中盘旋，冷意冰冻了心脏的所有房室。今天，她想打的回家，留一个无人追望的背影。可是在学校里穿行的出租车很少，她在风中故作潇洒地等了半个小时，才终于慢慢穿过停车场，走出校门。

上了的士，她忽而觉得温暖，指缝间却凉得很。眼睛难得的温润早在风里枯竭，她掏出眼药水又滴了两滴，不知道是不是车抖，她的脸颊上滚过几个透明珠子。打开家门，一片漆黑，她先喊："有人在吗？"单居的她怕屋子会遭入室抢劫，这是郑老师推荐的妙法。只是屋子很小，连回声也没有。

她没有脱鞋就把自己扔进被子里，沉默了很久。忽然她抬起头，望见床头上方墙壁挂着的结婚照片，终于哭了出来。那曾是她独自拥有的男人，后来却被一个女画家分享着，她好羡慕。她想，自己想做个情妇，都做得如此卑微。女画家好歹还见过情夫的裸体呢，那幅结婚纪念日礼物即是明证。不单分享男人，还和她的男人一齐羞辱她，竟然敢送这样的礼物。况且那女画家在葬礼上很能哭，所有前来吊唁的宾客都看着她，甚至给她递纸巾，仿佛那才是展现女主人用情至深的标准动作。

这让她失去了最后作为冯太太的脸面，或许从那时候起，她就一败涂地了。是不是没有一个情夫，会爱一个哭得生硬的妻子？又或者，是她感召了郑老师，让他明白了，家庭温存之重要？原来要做一个善良人的情妇，是如此不易。她依然想着，郑老师曾经爱过自己，对，他爱过。

她猛地拉开了床头柜，取出一根长长的粉红物件。按下了开关，颤动在她的肌肤上缓缓游移，她一边动作着，一边看着丈夫的笑脸。你笑！你笑什么！怎么！容许你好色！容不得我自己念想吗！她冷笑着，缓缓躺下来，如同躺进一片水里，有点冷。她忽然记起，初初和冯先生刚到澳门，去了大三巴牌坊，她像个小孩一样兴奋。冯先生同她讲，上面有两行字，一句是"念死者无为罪"，另一句是"鬼是诱人为恶"。现今她躺在床上，不住地念着后一句，直至脑中浮泛出郑老师的身影，一个黑色的、高大的、模糊的影子，那个影子在朝她歌唱。

她也放开了歌喉，唱起了《托斯卡》中的咏叹调《为艺术为爱情》，声音慢得像推磨。她将那把粉红色的"刀"插进自己的身体，一边唱着歌：托斯卡，托斯卡，为了爱情，为了艺术，从不伤害别人。为什么上天给我这样的结局？为什么星星、月亮、天啊，这样没有道理？她突然把那东西扔了，却没有如往常一样搓热手掌，只是放开嗓子不停唱，丝毫不理会是否会吵到别人，别人，哼，别人，生日蛋糕！

她把冰冷的手指抵进自己的下体，如同被蛇侵吞。她颤抖着，也拨动着，高昂的歌声从喉头不竭涌出，仿佛借此压盖另一种呼喊和呻吟，跳动的手指如同指挥棒一样，指导她身体深处跳跃的乐音。唱吧，快乐吧。乐章的高潮，她终于抵达，但很快地又衰弱下去，眼眶里流出的泪水分明是快乐的，却像一道喇开的透明刀痕。她望着天花板，颤抖着，忽而怀疑自己是被一个威猛的男人入室强暴，心里燃烧起一阵说不出的感觉，像是悲怆，又像是愉快，她像年轻时学乐谱般努力，试图认清自己感官上的每个情感因子，因为它们很快就要消失，就和颐和园的雪一样，遇到温暖，冷不会被同化，而是会消失。

她偏着头看向窗外，眼睛微微眯着，眼皮沉重，想就这么睡去，但意识的弦绷着，她想到外面应该下雪了：小雪花在窗外漫天漫地，白茫茫的一片，一定是这样的。因为，她听见，对，她听见了，一阵阵铃声一样的，带着吸气的孩童笑声。孩子。生日快乐。

半小时后，她下了床，想去洗个澡。但一个不小心，似乎踩到什么滚滚的东西，摔倒在地上。她嘴里的神经在抽搐，一摸，血，口红色。她漱了漱口，水的冷像在口腔中爆炸，镜子里的她，原来已经磕掉了半个牙，指上的血粘在镜子上，显得冶艳。她只好收拾收拾，出门找私人牙医补牙，因为明天还有远客到来，不能这样示人。

街上的风，依然很大，可并没有雪，这里是澳门，不是北京，哪会有什么雪。等到从诊所出来，已经十点钟，她抱住自己，走回家。霎时间，她想吃一碗热腾腾的竹升面,弹牙又暖胃。可是,她脑海中却仿佛看到郑老师骑着一根粗大的竹竿起起落落,而远处的新葡京只像一尾倒栽的鱼。

隔日,一切如常,一点展示疼痛的机会都没有。

乌雄与阿霞

和庄村的农人陆陆续续从田上回来,其中男人居多,他们荷着沉重的锄头,提着水桶,披着厚胶的雨衣或者什么也不戴,任由雨水飘着、淋着。他们奇了怪,都不急着赶回去看看自家猪棚和鸡寮渗水没,倒总想绕过斗金家的门口。斗金家的女人又在家门口喂奶,她算村子里长得白净的,鼻子不塌,一袭乌黑的头发像倒芝麻一样地披着,衬得她更白,真没有农家女人的模样。只是,她有点傻。不傻又怎么会嫁到这山坳子里来?说是她自从小时候脑子烧坏了,就被锁在家里,到了成年才随便托人找夫家,远远地嫁到和庄村来,村里除了斗金,也没人知道她是从哪来的,只知道是远,远到一双腿逃不回去。

近四天来雨水泛滥，倒不是瓢泼大雨那种，而是似有似无，有时摸得住，有时又抓不着，绵绵的，一阵阵又像人的脉搏一样，说是泛滥，其实也淹不了多少田地和畜圈，只是让人焦郁。男人们走过斗金家门口，还是说一些不素的笑话——阿妹半夜听锣更，阿哥无手哩还挑灯——表面上比着谁嚷得大声、唱得顺听，实际上又纷纷斜眼去看斗金家的女人，她正坐在藤子凳上，给她一岁出头的孩子喂奶，她把衣裳提起一角，卷到脖子下，几近慷慨地露出了白溜溜的肚皮，和胸前两坨面团，它们明亮地坦在男人们的眼睛里。孩子像是继承了女人的蠢笨，不会吃奶，她很着急，不断催促孩子嗫奶，"组组"哄着，那声音原是母性的慈爱，给这些粗色男人听起来，却是天然的诱引。

乌雄是人群中的一个，但他平常不看那女人喂奶，也不着意去听她的声音，即使他走得很慢。村里恶毒的娃娃们会吵他，拿指头拨脸蛋儿，骂他不知羞，故意不走快。但其实明摆着的，他走得慢，是因为截了右腿，医生说他下半生都得依赖拐杖。童言无忌，不伤大雅，伤的是他的心，起初他还叨叨地骂回去，后来频了也就无心回嘴。和生活计较，也比跟他们计较强。这倒让恶娃娃们觉得没意思，找别的伤残欺负去了。

一直以来也不是没有人劝他，不如干脆做条义肢，还好看一些，乌雄每次都打哈哈敷衍过去，心里坚定得很。当初医生劝做义肢，他就回去和婆娘阿霞商量，他说，阿霞，你要不图这点好看，咱就省下来这笔钱。阿霞又哭又笑，说，你要是心疼钱，我宁愿你做；要是怕我瞧不上，我是不会，当初也不是图你好看，本来就黑不溜秋，能有啥好看的。听了这话，乌雄倒不觉得受伤，反而心里泛起一点甜，一点村庄人难有的感动。

从田上回村，乌雄本不愿意和其他人走到一块儿，可人群中总有几个，会停下来等他，他便不好意思走慢了，虽然人们也不催他，只是远远站在那里，但也够他受的了，这种热情，对他而言，近似于可怜。他分明觉得自己更没用了。斗金家前的路一拐角，就是乌雄家，从斗金家厨房的窗子往后方望去，就能瞥见乌雄家的床。这条路虽然不长，可石头参差，并不好走，对于乌雄来说，更是无比艰难。

还没到家门口，乌雄就喊着儿子的名字，耳朵提着听，却没听到有人响应。他一颠一颠进了屋子，单手挂起雨衣，把两件农具放在门后面，回身撒扒了蚊帐，摸开被子，只有枕头，乌雄心里骂道，这野犊子，下雨天了还乱跑，要是阿霞在，他敢这么放肆？想起阿霞，他又记起今天是十六号，每个月他都期待这一天，这一天没有集可以赶，没有贩子来收作物，也不是农科站技术员下派的日子，可这些，都比不上每月的这一天让乌雄期待。乌雄看了看自己的诺基亚手机，确认了一下。他也知道自己不会记错，灰黄色的荧光，上面打着确凿公正的数字。

十六号，是公历的十六号。和庄村是没人用公历的，活在农村，都是用农历计算日子和命数，农令八节，红白祭庆，不免都要遵从老一本。渐渐熟悉公历，是从人们出去做工开始的，因为外面的世界结算工资，用的都是公历。留守在和庄村的人总说，用公历，听着就公公正正的，做几分工就赚几分钱，不像要靠上天做活，辛辛苦苦到头来，受了灾，一切就白劳碌了。

谁愿意留在这儿呢？和庄村人是在山上砌出来的

田，贫瘠得很，大机器车无路开，费的都是一锄头一弯腰的工。这里的田已经又老又穷，村里四肢健全、能讨点生计的，都尽跑去外面打工了，愿意留下的数来数去，也只有老病残幼和照顾他们的人了，那些去外面讨营生的，但凡混出一点本事，就会把留守的家眷都搬出去。

原本，乌雄也在外面打工，经同乡介绍，先在一个玩具厂，后来又转去工地，那里赚得更多，工头见他甘卖力气，一些更气派的项目就舍得叫上他。劳酬也更有样子了，未来像是一砖一瓦地搭高起来了，仿佛一站上去，一抬手就能够得着好生活。乌雄和村里人一样，也想赚足钱，把家落在外面，但他也很清醒，知道大城市是无望的，茫茫的高楼大厦，自己能出力气盖，但肯定没那个命去享。他想着最好能搬到县里去，甚至只是镇里也不错。

他是个穷命人。乌雄的阿爹病死之前就说，他们家祖辈传下来都说是穷命。本来他爹已赚足盖房子的钱，就被一场病烧没了，命最终也没保下来。当时乌雄阿爹自知所剩的底子不多，托嘱他说，救我这条老命不如生娃，娃娃你还是娶个女人紧要。彼时乌雄对未来还有信心，就没听阿爹的，但钱一阵一阵地散光了也没治好阿爹。阿爹满不甘心地走了。如果不是后来遭了事故腿没了的话，或许乌雄还会一直相信，自己能改掉穷命，至少，能改一点点。

阿爹死后，乌雄很快就娶来了阿霞，和庄村这里不兴守丧，更讲究要活下去、生下去、传下去。阿霞嫁来也不年轻，二十八九，在乡村里，是半只脚踏进孤独终老的命数里了。她嫁过来那天也是朴素的，没有摆桌，也没有什么迎亲，只是在村支书那里开了个证明，到今天也不知道有没有法律效力。阿霞不埋怨这样的婚礼，她长得黑，还瘦，也不知道做小姑娘的时阵，得罪了十里八村多少媒人，个个都说她八字厉害。乌雄倒是说，穷命克不死。他娶下她，也待她不坏，夜里仔细不让她疼。

乌雄一想起新婚之夜，脑海中不禁浮现出一番白色的影子。他又想到了斗金家的女人，这会儿她应该坐在她家门口，旁若无人地喂奶。他发誓他没有看，是吗，他其实看了，虽然没有盯着，但真的看了，不然他怎么知道那个女人如此丰满，不是那种发福的油腻，而是每捧肉都那样赤诚，白花花的，仿佛一碰就会荡漾。男人们模仿"组组"的声音虽然很下流，可不能否认，他们确实有本事，那些小调挑起了乌雄的想象，一旦想象，他的身体就难以控制地热了起来，仿佛有一只小兽在那个地方，着急而冲动，像是在为出栅而蓄力。今天是十六呢！这是他和阿霞定下来打电话的日子，倒不是平常不打电话，这是十六号的电话，是最特殊的。

乌雄杵着拐杖，走到家门口的井渠边，弯腰接了点水，往脸上泼了泼，却听见那个白色身体的主人在笑——那笑声真痴浪，只有她发得出来。乌雄想去看一眼。他鼓舞自己，就看一眼。那女人正在拨着竹竿上吊晒的辣鱼干，鱼干形形色色，是不同的鱼种，傻女人，这雨天还没停敦实了，就着急晾鱼干做什么。但她笑得那么开心呢，又好像只是在玩，乌雄心里想，这有什么好玩的，值得这么浪的笑。但她又浪又傻，着实容易招人心疼。

乌雄说看一眼，就真的只看了一眼。他拐回家，瞥见家门口的塑料水盆，里面已经堆了一些用过的碗碟，这死崽子！这么几个碗盘也不甘心洗。乌雄搁好拐杖，空出来的手可以扶着墙，他把腰往下沉，慢慢地，像一只河虾往内蜷起腹，低下来，另一只健壮的手臂撑着地面。那条被截断的腿，已经先沾到了水盆边的凳子，盆骨旋动的力量，能帮助乌雄调整好位置，轻轻地，总算才完成了一场降落。生活已经提前慢了下来，慢的底色是不祥。

乌雄先洗掉了右手上的墙灰和左手上的脏水，再把碱皂揉进每一个碗子的内壁，拿旧抹布着力地擦。他的手臂已经比做工时还要粗壮，其实只是现在他更依赖这双手臂，所以看上去才显得粗壮。原来那条腿的位置空了，身体其他部位都要为它的离岗而分摊重担，尤其是手臂，它们像更能吸水的海绵一样，把他的力气都吃进去了，青色筋脉鼓起的形状证明了这一点。以前，乌雄并不关注自己的双臂，它们自然能撑起整个小家庭，他只管埋头卖力干活就够了，可现在，它们只能用来支撑他自己，乌雄是个会心疼的人，他心里明白，自己失去了大半条右腿，也就失去了剩下的部位。

他现在只能做家务，再养养鸡，种一点收成微薄的地，相比他的力气而言，这都是零碎的活，指望不到多丰厚的回报。乌雄低头洗着碗，还怕力使大了把碗弄碎，他记得这套碗碟，是他婚后第一年回家的时候买的。从前乌雄去外面打工，回家只会带营养品给阿爹，结婚后第一年过年，家里只有阿霞，和她肚子里的娃娃。他从工地上提了工酬，想着要带什么回去，想了很久才买了一盒陶瓷餐具。他还记得是大红色的包装，在超市打开的时候，本不太管事的营业员突然很警觉地盯着他，像是生怕他打坏了赔不起，或是不甘赔。他察觉到了，但动作并没有更谨慎，似乎有点挑衅，故意要营业员紧张。瓷器很光洁，整整齐齐的一整套，这才是一个家庭该有的，阿霞肯定会喜欢，乌雄心里能这么想，自然也就敢把它买下来。

这套餐具，倒不在于贵，而在于乌雄得从打工的城市坐上火车，在县城转大巴，转小巴，转摩托车，再走上一段不近的山路，一路上小心翼翼，才能完好地拎到家里，收获一点来自妻子的喜悦，这喜悦里又有一层责怪和心疼，责怪是责怪他花这冤枉钱，心疼他，是心疼他这一路可得多累，在春运里，无论是火车还是客运巴士,要保全一个人的空间已经很难,何况还要保护这瓷器宝贝。因为实在难,这就有些英雄归来的意思了,乌雄心里大概就是这么一种感觉。

但如今,千里奔波的人已不是他。

碗碟被乌雄洗净了码在阶上,灰色阶壁面的青苔和不名的草,又长出了一些,衬得瓷器白,白得发暗。忽然,乌雄看到拐角的地方,一个人在看他,是谁?那人又不在了。乌雄再喊,是谁啊?其实他心里想到了一个人,但他不确定。身高决定了那不是小孩,可这样鬼祟,又像个小孩。那就只有她了。她来找我的吗?还是只是又发病了?他脑海里又浮现出她喂奶的样子,唉呀,斗金家的女人呀。

想着想着,乌雄把盆里洗碗水倒掉,碱皂泡沫滑过那些石子路,柔得像是别的液体。他坐着看出了神。雨又浓了,像一根根手指点在自己身上,不到一会儿,又变得飘荡起来,像女人的衣服从他肌肤上滑过。胸口有一点闷,他看远,娃娃还没回来。他想阿霞了。心里想,那里也想。那里是最诚实最不甘心荒废的部位。他起身关了门,回到床上,看了看手机的电量还充足,就打给了阿霞。

打了两个没有接。乌雄放下手机,心想也许是信号不好,他用床头边的电话打——手上都是汗,他察觉到自己有一点紧张。他试着说服自己,今天是十六号,是两人定下来要打电话的——电话通了。是阿霞的声音,但有点慌乱,她让他等一下,听筒里传来细细沙沙的声音,像是衣服,或者被单,也有可能是她在拉床帘。他们互问彼此,一切都好吗?都好。

乌雄问她,工作累吗?阿霞回答说,很累,嗯,很累呀,皮鞋像做不完一样,也不能说累。是的,她的声音听上去很疲劳,一直磕磕绊绊的,而且古怪的是,她像是在努力掩盖这种磕绊。但她很快又说,不过有同事一起聊天,时间也很快就过去了。嗯,这句话像是一种拉家常的遮掩,乌雄心里想,这个电话打的不是时候,她可能不方便。但他不敢多想,他知道做厂的女工,很辛苦,所以容易受到一些诱惑。

阿霞可能也意识到自己声音的奇怪,所以她又说,就是口干,厂里的水不敢喝。解释,面对丈夫的沉默,她选择了解释。乌雄有一点担忧,由这一点担忧,又生出一些愠怒,他问阿霞,为什么不敢喝?语气像是打听,多过于关心。阿霞说,隔壁哩有什么电子厂,水……脏。乌雄问,阿琴说的吗?阿霞答,嗯。乌雄问,你还和她很好吗?这语气又像是质问了。

阿琴是乌雄旧工友的情人,人不太正经。以前乌雄在城市打工的时候,一伙工友一起吃饭,她也在,借着工友喝醉,她用涂了指甲油的手指,捏过乌雄的手臂,还老劝他多喝酒。乌雄出了名的老实人,理会不到,倒是别个工友拖他出去抽烟,提点了一下,他才明白,别人本想意思他别浪费,没想到他找了个理由逃走,人们笑他孬种也不理,等自己返到工舍,回想起来又躁,只好自己用手解决了。虽然就见过这么一次,但阿琴却愿意帮他家阿霞找工作,把她安排进了皮鞋厂一起做工。对别人的好心,乌雄总是欠些提防。况且阿琴又会讲话,会人情世故,在外能照料阿霞一点是一点,怎么也算是个恩人。以前乌雄心里的确是这么想的,但现在,他再度提醒阿霞,你不要和这个女人太多来往。

阿霞说,好,我也没有和她太多来往,你这么生气做什么。乌雄还想骂阿琴那个女人有多不正经,听说她介绍了多少女人去发廊，但阿霞没等他发难，就说，我们来吧，趁她们还没回来。乌雄平和了一点，他呼出一口气，躺好了，问阿霞，你躺下了么，床帘你拉了吗？阿霞说，拉了，我躺好了。乌雄说，好，那你穿什么衣服今天。阿霞说，橘色的衣服，新的，带亮片，在女人街买的，很便宜，从六十我讲到二十八，我还给娃娃买了条裤子，上次答应了要买给他的。听上去，阿霞喋喋不休的，像是在岔开话题，反正乌雄无论是身体和心里，他都有点不爽快，但很快他又觉得自己太多疑。

乌雄想继续下去，还没在空气中脱下阿霞千里之外的文胸，乌雄被一阵敲门声打断了，他一惊，回神想打发走，于是高声喊，谁呀？捶这样急？好像喊得大声，就不显得他心虚。

阿爹！是我呀，你锁门干吗呀！

唉，栽了，这场房事栽了！是娃娃。乌雄不甘心，但他只能在电话里这样说。阿霞在那头说，那……咱们就晚一点再……你去开门别让孩子急了。乌雄心想，莫非我不急？这臭崽子！但他嘴上却说，那我挂了。你别挂，我跟儿子聊会儿。

乌雄叹了口气，等着腿间的山火平息了，才起身支起拐杖开了门。娃娃小牛一样地冲进家里，喊着，我要把虫子装起来！他蹲在餐桌底下，小手在旧瓶子堆里搜罗着。乌雄说他，只知道到处玩！你阿娘打给你啦。娃娃兴奋地接过电话，另一只手还摆弄着毛毛虫，乌雄听着他高一声低一声地搭话，嗯嗯哦哦的。末了，他才软软地说一句，好，我会乖。

他捏着电话还给乌雄，乌雄接去凑到耳边听，却已经是忙音。儿子贼贼地笑着，原来是戏弄他。儿子夸张地拉长尾音，说，嘿嘿！我早就挂——掉——喽。乌雄伸手要去揉儿子的脑袋，可他警觉地跑开，拿起装着毛毛虫的酒瓶子，要往门外跑。乌雄嘴里本想喊，你还说你会乖，却被儿子远去的脚步声打断，心里有些悲伤，是啊，儿子只要一跑，我就追不上他了。乌雄看着自己的下身，沉默不响好一会儿，才抬起头看到，儿子站在门口回望他。儿子走过来说，阿爹，我饿了，阿娘叫你给我煎鸡蛋，煎很多个鸡蛋。乌雄看着他挥舞手的样子，心软了，说，你帮爹去鸡棚掏，你想吃几个，就掏几个。

娃娃跑了出去。乌雄坐回床上，心想，他和阿霞两人，总有一个在家里，另一个在外头，只有过年过节那几天能一家团聚。以前乌雄在外面打工，也给家里打电话，他听得出来儿子每次接电话，都很想讲点什么，可又什么都说不出来，只会一个劲儿地回话。等父子俩见到面，娃娃又雀一样地，噼里啪啦说一大串，像是要把整年的话说完，惹得阿霞嗔妒。现在又倒过来了。

乌雄想起刚刚阿霞的失常，她的声音很不一样，阿霞正在做什么？她旁边会不会有别人……从前在城里，晚上怕噪音扰民，工队九点半就歇息了，男人们有的去喝酒，有的会去发廊或者洗脚店找女人。乌雄不太爱和别人说话，也不凑热闹，连亲老乡都说他是孤独精。他下工就回工舍休息，工舍是上下床八架，十六个人睡一间。冲完澡他有一点时间，就会打电话回家，问问阿霞家里好吗，娃娃乖吗？但如果累着了，他一沾到床就能睡觉，心里什么想法都没有，像个劳动机器。那时，是不是阿霞也会在家里想着他，是不是也会有很多问题想问——你累么，你今天吃了多少两米，你为什么不打电话来，是不是跟着别人出去找女人？

那阿霞会不会去找男人。乌雄不能想下去。在城里，他自己可是清清正正的。男人们说他惧内，是个尿蛋子，女人们也有的会说他是尿蛋、是孬种，但那些都是不正经的女人，反正他是这么认为的，比如那个阿琴。但乌雄也自知有欲望，他这么年轻，还在需要使力气、泻火劲的年纪。工地上一点荤话即便他听不明白，也能从工友猥淫的笑容里看出来，说的内容是什么并不重要，他自己会想象，想象隧洞，想象女人的身体，想象床。

工舍不小，但分到每个人头上，就很小，比空间意义上的小，还要更小。乌雄想象其实也很吃力，比做工还吃力，只凭借着和阿霞的房事做地基，他建筑不出什么。城中村有些女人很便宜，五十块八十块都有，民工会被收得多一点，因为那些女人知道他们粗鲁和贪心，力气挥霍无度，以图经济上的划算。乌雄认为自己没有钱去发廊，其实他明明有，但他就是不去。这是一个无解的矛盾。

有一个下午，他回工舍拿卷尺，听到隔壁间的工友在呻吟，还说了一些荤话，听上去有一点复杂，不像看黄片的时候只有那种舒爽的呻吟，他知道有些工友会买影碟机看黄片，一个二手的只要几十块钱，黄片去一些盗版盘片店买就有，不贵。那工友的荤话里是有对象的，但他没有听到另一方的回应。乌雄仔细听，直到听见了那工友喊"老婆"，才大致明白了——我拱你，拱你——他听着声音，想象着肉体和肉体的激荡，躺在自己床上，也用手释放了一把，高潮过后，他在琢磨，能不能和阿霞也这样呢？

可阿霞会答应吗？那天下午的工，乌雄就一直在想，怎么能让她答应呢？阿霞是会兴奋的，她会主动要，乌雄也没有别人可以参照，他想，男人女人都会要的不是吗，不然女人为什么要行房，除了一些会为了生计。乌雄决定试一试。工地一般在十号结算上个月的工钱，说是这么说，但上面总是会拖款，不过，即使拿不到钱，男人们还是会在十号这一天庆祝，他们集体出去吃烧烤小菜，喝酒。乌雄落得清静。

这一天，乌雄留在工舍打电话给阿霞，他试探地说了一点荤话，起头是，我想你了，阿霞嗔着说，你说这些干啥？似乎不够有力，乌雄只好说，我想死你了。说完这句话，他都有一些紧张，好在阿霞聪明，顺应了他的意思。在他们两人之间，一瞬间从手机电话的听筒里，好像有些火苗冒了出来，那些简单有力的浪荡话，像藤蔓一样越长越粗，长向四处，甚至去到一些过去不曾抵达的角落。一场通讯行房，让乌雄和阿霞两人都很快乐、满足，至少从电话里听上去是这样。事后，乌雄大口喘着粗气，对着电话说，心肝，娶了你真好。这种话，阿霞很受用。

他们约定好每个月一次，日子就定在发工资那天，那天工舍没旁人，最合适不过。现今也是一样，只不过阿霞在皮鞋厂做，发工资的日子就被拖到十六。女人们不像男人们喜爱出去吃烧烤喝酒，她们爱逛街，去城中村里的女人街，东西实惠，可以还价。阿霞的独处时间更早一些，乌雄得迁就阿霞，正像以前阿霞迁就他一样，这需要两个人齐心协力。每当有了变故，比如中途来了人，或是加班，就得另择吉日，有时实在憋得紧，乌雄也试过在上班时间打给她，阿霞午饭都没有吃上，急忙忙去厕所里打发，又刺激又生怕别人发现，这倒有一点偷情的意思了，即便他们是名正言顺的夫妻。好在他们彼此都心知肚明,这点快乐很脆弱,但又无比重要。

娃娃从鸡棚回来了。他直挺挺地坐在床边,一会儿又像是嫌弃床脏一样,腾地一下坐到椅子上,样子有一点生气。乌雄问他,蛋呢。娃娃掏出手来,也不看他。乌雄怀疑地问他,就两个?够你吃么?娃娃不理他,气呼呼地说,斗金婶跟我要鸡蛋。斗金家的女人怎么会来要鸡蛋?乌雄心里觉得奇怪,但他说,那你给她呗,男子汉两个鸡蛋不肯给啊?乌雄见娃娃沉默,便去摇他肩膀,娃娃用劲儿顶开他的手。乌雄有点恼,说,你跟爹生啥气,又不是我……她说,她和你睡过觉,你得给她一打鸡蛋。娃娃这会儿倒直盯盯地望着乌雄的眼睛。乌雄不知道为什么,有点心虚,即使他啥都没有做过。他只好说,她是个疯子,你也信,她跟你开玩笑呢。儿子的眼神还是带着一股倔,他不信。

你不信爹。

我信爹,只要爹说没有,我就信。

乌雄说,爹没有。这眼睛真像阿霞,倔强,英气,这些特质,在男孩子身上又会揉出淘气来,乌雄心里骂过他无数次"死崽子""臭孩子",但从来不曾骂出嘴。一家人总是月亏时长,月圆时短,他只觉得亏欠娃娃,哪里甘心骂他呢。尤其自从那次意外发生以后,乌雄的右腿没了,光是后续康复,就花掉了所有补偿款,虽然工地上的工友也捐了一些,但顶不上几天医疗费,家里的存款本就稀薄,一下子又被自己掏空了。出院回到家的那天,两夫妻都没有眼泪,娃娃也是,到了半夜,才听见他的哭声,哀伤得让人心碎。他们也不知道怎么安慰娃娃,也不敢问是噩梦吗,只好轻轻地拍他的背,才知道他原来这样瘦小,像一片薄薄的鸡架子,原来他们没有给过他什么好营养,拍着拍着,一家人都在轻轻地哭。

乌雄家的灶改低了,对他来说,煮饭更方便一些。吃上晚饭已经八点,儿子吃着鸡蛋,一直沉默。乌雄说,你咋还不信阿爹啊?乌雄也有点不高兴了。他心里清楚自己的欲望,他也承认斗金家的女人诱人,好几次在睡前,他通过床边的窗就能看到,有男人摸进了斗金家,他们私下流传说,只要一些好的玉米或者鱼干就可以,乌雄不全信,可他的确看到她家门口吊起来的鱼,是不同种的，谁家的水田会养不同的鱼呢？但无论如何，那是别人家的女人，再风情也和他乌雄没有干系，自己已经有了阿霞，阿霞又这么好。但他没办法跟儿子说出口，其实他和他娘很恩爱。

娃娃拨着碗里的蛋，突然开口说，娘以前从没收过别人的鸡蛋，没拿过别人的鱼，你也不能给。咱家的鸡蛋，一颗都不能给别人，我通通都要吃掉。乌雄愣了一愣，儿子的声音虽然稚气，但有股坚实的力气，不像是耍滑，也不是胡说话。乌雄应说好，心里却不宁静。

他不敢想象，从前他不在村里的时候，阿霞要经受什么样的折磨，她一个人怎么打理这个污糟的家，村里那些浮野的男人会多为难她，那些男人唱的荤调，肯定也被阿霞听到过。她是不是也要忍受侮辱，甚至忍受苦闷？自己竟然从没有考虑过这些。乌雄悲怆了起来，洗碗的时候，他摸着光滑的陶瓷，眼眶却像是被酸着了。他感到自责，那是一种比失去腿还深重的自责。

夜里，阿霞打来了电话，问娃娃睡了吗？乌雄说，睡了。阿霞说，那我们来吧。她的声音很干，比傍晚还要干。乌雄沉默了很久，阿霞说，怎么啦？抓紧时间呀？乌雄想不到用什么话应答她，他害怕阿霞的声音是喊哑的，斗金家的女人就很会喊，她能把整个村都喊得睡不着。他不敢说话，像是怕刺破了什么。

阿霞催促他说，你怎么回事？怎么不说话呀？听阿霞催促得紧了，乌雄才慢慢地说，你……听上去很累，要不……就下次吧。听筒里没有声音，这回又轮到阿霞那头沉默了。过了好一会儿，乌雄才听到了那边传来压抑的哭声，细细碎碎的，像稍大的阵雨。乌雄听不得阿霞哭的，他紧张地问，你怎么哭了？

乌雄了解阿霞，阿霞这么坚强的女人哭了，会因为什么事哭呢？他想到的是，阿霞受了委屈，也许是被工友姐妹欺负了？不，那她肯定也不会哭，她会反击！那会不会是被带去发廊做了，受委屈了？这个念头一在他脑子里产生，就立即炸开来，他心里生气，有股火，但不是对阿霞，更多的是对那个带她去发廊的女人，或者是欺负阿霞的男人，可如果仔细琢磨，其实最令他生气的人，是他自己，是无能的自己。

忽然，阿霞呜呜地说，你是不是……是不是对我不想要了？

乌雄一下子有点懵：倒说成我不要了？他可要着呢！但他依然很警惕地问，你就哭这个呀？

阿霞说嗯。

乌雄说，我当是什么呢？他喘了口气又问，真不是别人欺负你？

阿霞吸了一阵鼻涕才说，不是。谁欺负得了我啊？她咳了一声。

电话那头突然传来另一个女人的声音，声音有一点距离，阿霞，凉水煲好啦！——你傻了咩？发烧还不早点睡呀，快喝啦。

乌雄说，你发烧啦？阿霞没有回答他，不过，他听到了阿霞咕噜咕噜喝凉水的声音，还有因为苦或者烫发出的噗吧声。乌雄心里不免想到，原来阿霞声音粗哑，是生病造成的，他终于理解了。但他不明白，为什么她要遮掩。乌雄有些生气，他等着阿霞听电话，想责骂她，生病了居然不跟他说，都发烧了，还理什么要不要的，那事，其实也不一定非要十六号干。

阿霞接了电话,没想到,还没等乌雄指责,她已经抢先说了话,她用一种软软的语气说,老公,你听我讲,家里头,就是靠床头上面的那扇窗,对,就那扇开合窗,你能不能……把它封掉啊?

乌雄听完阿霞的话,愣了好一会儿,才说好。他也没有问为什么,只是说,雨总是打进来,确实得关。末了又嘱咐了几句"照顾好自己"的话,乌雄就挂了电话,接着,他躺在床上,抬头看着那扇窗,心里想了很多——其实,他和阿霞之间距离这样远,与其谈信任或者不信任,都不如彼此的自尊来得郑重。

乌雄想着想着,又起身去摸了摸娃娃的头,给他掖好被子。他心里已经打算好,明天一起来,就到院子里和娃娃一起割木头,把床头的窗户钉上。娃娃会帮忙扶着木头,但又怕小手被割到,他一定又害怕又兴奋。等过年时阵,阿霞回来了看见,她也会很高兴。他能想象到明天,也能想象到过年,未来的笑声让他过去沉重的一颗心飘浮起来。乌雄明白,这样的一个夜晚,是特别的,并不因为它是十六号。

夜渐渐深了,月亮依旧没有露出它的容貌,但和庄村的夜色里,雨水大胆而热烈地展开了,它们飘飘荡荡,温柔中又有强健的魅力,像是轻易就会荡进屋里,把男人们的床榻阵阵打湿。只不过,唯有乌雄家的那份,已经被他坚实的手轻轻地、轻轻地阖在了窗外。

姚美君

一

今朝早,我送孩子去上学,转向小学大门的马路路口堵成一片,阿女坐在后座,我没有望向她,但她一边很焦虑地踢着前座的背,一边气呼呼地噘起嘴,发出一些我不能忽视的声音。

我讲:"刚刚顾着玩贴纸不刷牙的是谁?"

阿女讲:"要是我的小红旗没了,就同你死过。"

这句搏命的话从女儿嘴里说出来,我很惊奇,觉得她一下子变得陌生起来。难道真的"女大女世界"?

我讲:"生得你出来,就不怕死。你怕迟到就跑过去喽,反正离得也不远。"

话音还没落下,阿女突然拉开车门,让本来缓慢行驶的车,不得不被我踩下急刹。

我骂她:"命都不要啦?"我只不过开个玩笑而已。

她未必听得到。阿女试图大力地摔上门,来展现她的决绝和脾性,但毕竟个头不大,又不常运动,车门并没有关紧。她一脸错愕,又摔了一次,这才发出沉闷的声音。我看着她跑远,书包在她背上一颠一颠的,像颗傻乎乎的气球。我心想,她到底还是个孩子。

不远处,两位交警站在马路上疏解交通,前头有两辆车发生摩擦,一个男人开着车门,指着一个女人骂她马路杀手。学生们赶着跑进校园,跟守在闸门的教学主任或校长一类的人物,机械地问好,一边又回头望那对吵架的车主,或许他们在观察陌生的中年男女,吵起架来和自己的父母究竟有什么区别?车龙仍然缓慢地行进着,喇叭声时不时响动,空气是微凉的,是那种属于清早的微凉,与拥堵嘈杂的情景极不相称,或许是我们做家长的,总要承担烦躁的生活,以偏袒出朗朗书声给儿女们。

就在此时,我收到了姚美君的回讯,她讲:"有空的话来找我吧。"我拉上去看聊天记录，有半个月，竟然都是我单方面问候她。我回复她："好，我这就去找你。"我看了看时间，这么早起床，不是她日常的作息，她通常都是睡到起来吃午饭的。我只能猜测，或许她一晚上没有睡。

姚美君是我在新加坡读书时期认识的女友，我们第一次见面是在克拉码头的酒吧。她坐在卡座里，很文静的样子，别人不问她话，她不会主动开口。我见她双手隐隐抓着沙发，可能对环境感到不舒服，就经常引她讲话，让她尽量多地介绍自己，才知道她原来是潮州人，在我们一帮澳门人当中显得突出，为了照顾她，我们切换成普通话交流，结果一个个讲出来都是"煲冬瓜"，难听死了。她摆了摆手，用很僵硬的广东话讲："真的不用迁就我。"她说自己从小就看 TVB，也会讲一些广东话，再说了，她的普通话也不算好听。

我们装作很感兴趣的样子，让她教潮州话，还说新加坡也有好多潮州人的，你优势更大。她也稍微兴奋了点，真的教起我们，先是"食饭"的读音，后来是对女性外貌的夸赞，然后是一些不能入耳的粗口，真可谓有求必应。但当她一字一句很认真地教我们粗话时,我就知道,她是毫无娱乐天分的,是那种适合一起做小组作业,而非玩大话骰的人。

带她来赴场的是朋友杨仔,他是酒场的熟客,经常打电话喊我们出去喝酒,留学生当中流传说他是夜店之王,花花公子。我们一帮人和他算是老友,都知道他并非那类人,因为他从不带女仔来,甚至每次主动组起酒局后,他也不太招呼朋友们聊天、举杯或者玩游戏,属于很不称职的主持人。甚至夸张地说,他总是派对里最沉默的那一个,我们都笑他扮忧郁。

正是这样别扭的两个人,此后在我们的见证下,谈了八年的恋爱,还结了婚,显然,那时的我们预料未及,但与世上许多事一样,真正发生的时候,又是顺其自然合情合理的。他们的婚礼选在了澳门举办,我们一班老友当然出力帮手。我还记得,我当时的祝福贺卡上写的不是"百年好合",也不是"修成正果",而是"世界和平"。

二

姚美君和杨仔结婚多年,都没有生孩子。他们于婚宴上已经昭告众人，不必祝福"早生贵子、三年抱俩"，他们要丁克一辈子。当天话口一出，隔壁台上的四位长辈的面色都很难看，一副不知道该不该附和鼓掌的样子。倒是我们这一桌伴娘伴郎们，相视而笑。我心里暗暗佩服，唉，真就没有这对奇侣做不出来的事。

早在试婚纱的时候，我就听姚美君在抱怨讲："如果要生孩子，我怎么甘心嫁入他们家？"

"也不能这样讲吧，你阿爸阿妈难道有更开明吗？"我帮她拉上拉链，听她这么一说，想起了她那对父母——那对差点因为八字不是上吉，就反对这桩婚事的老潮州。

姚美君一边望向镜中的自己，一边把手抬起来，摸了摸上面的订婚戒指，讲："天高皇帝远，我的手指都管不到，还想管我的肚。"

我笑了笑，赞叹她的广东话真是越来越熟稔了。她讲："都是杨仔将我教识的。"我讲："他可不单教你广东话。"

自从他们在一起之后，姚美君的作息就跟了杨仔走，终日陪他打游戏机，打到日夜颠倒，酒量也水涨船高，很快就练成千杯不醉的好本事。当然最明显的是，她的口齿越来越伶俐，越来越会交际，像是在填补杨仔的沉默，撑起一副女主人的派头。我们当中一些人还很嘴贱地说："可能她本来就是这样的人，只不过天久日长，原形毕露罢了。"

姚美君突然转过身，牵起我的手，包进她的手里。她问我："不生仔，很好啊，两人世界，多自由。不是吗？"她把我的手向下顿了一顿，像是在确定什么。

"你自己钟意就得啦！"我想，她其实不确定，但这是杨仔的意思。实话实说，杨仔怎么看都不是做爸爸的材料，虽然他工作起来，比以前读书勤力多了，但创业这事，本就是没什么道理可讲的，从毕业算起，他赔了多少钱我们都私下计算过，那笔数至少可以在横琴买多一套房了。况且他投资的都是一些游戏公司、网咖、手办，可见贪玩的生性还没有沉淀下来，要做人父亲，是勉强了点。

"是喽，我钟意，最紧要了。唉，我将来要是变得和我爸妈一样，"她打了一个夸张的冷战，"想都不敢想，所有剩下的几十年生命都围着孩子转，太可怕了。"

"那你公婆他们怎么讲?"我刚生阿女一年,还处于母爱泛滥的时期,才不想顺她的话讲。

"他们也不愿意啊,吵了好几次架了,不过杨仔还是争取到他们点头。"她突然凑近我耳边讲:"有一次差点都要分家了,还是杨仔够狠,你知道的啦,他脸一塌下来,就跟杀手一样。他跟他们讲,要是我意外怀孕了,他就算用自己的手都会抠下来。"

嗯,我觉得有点恶心,当然更多的还是恐怖,我没想到杨仔讲得出来这样的话。

"后来,我还质问他是不是真的忍心,他回答我讲,就是吓他们的而已。"姚美君得意洋洋地把拉链一拉,抖了抖,整件婚纱的上装就跌了下来,露出她上半身的裸体。她的皮肤在非自然的光线下,显得干净白皙,几近于透明,只有乳头那里贴着两片白色的乳贴,明晃晃的,像止血胶布一样。

犹记得读书时候,有一次玩俄罗斯转盘,杨仔输了,喝了两杯子弹还要接受真心话挑战,我指着姚美君问他:"你最喜欢她什么?"他眯着眼端详,很严肃地讲:"身材……吧?"我们即时惊呼"肤浅!"我讲:"人家堂堂才女，你居然就喜欢身材！"姚美君也脸红，但不是那种害羞的红，而是那种出热汗、有点生气的红。她反问杨仔："你知道我喜欢你什么吗？"我们都着急地追着问："是什么？"杨仔却一声不吭。她摸着杨仔的头发，从头摸到脸，又到胸膛，讲："我最钟意你扮抑郁。"我们正想嘘她无聊，殊不知她又笑着讲："但又真饥渴。"对于这个答案，我们当然心满意足。这时杨仔冷冷地讲："你又没输，干嘛回答他们？"他一讲完，就环抱住站着的姚美君，示意她坐下来，那模样，就像小孩抱住了仅属于他的大型毛绒公仔。

所以我们经常说，他们这对是孩子和玩具，一个贪玩，一个贪他的贪玩，绝配。

三

姚美君的身材确实很好，她自己也知道。她曾经给艺术系的学生做人体模特，倒不是缺钱花，只是觉得为艺术献身，是一件挺美学的事。所以当她在婚纱店的更衣室里，赤裸着上身，转过来跟我讲："真想这样站在婚礼门口迎宾"的时候，我没有特别意外，只是嘴上不忘骂她一句："黏线！"骂完又捏了她的乳房一下，她倒是很开心，笑得发出鹅的叫声。

姚美君和杨仔结了婚以后，就住在氹仔一个房价不便宜的小区。我开车过了大桥，找到那个小区，又受了门卫的核查，才得以进去。小区的景观明显是欧葡式的风格，该有的雕塑、喷泉、科林斯式的立柱一件不少。楼栋下正好有一个喷水池，中间安置着一位裸露的女神像，不知是维纳斯还是谁。我估计，这套房的位置肯定是姚美君挑的，她最喜欢这些无用的艺术了，以前在新加坡的时候她就总是拉我去看展。

上电梯的时候，我发了语音告知她我快到了，按下电梯楼层键，发现旁边那道划痕还在，它就像一根白色的头发，挂在那片棕金色的漆膜上。两年多前的一天，阿女被她爸带过海去香港迪士尼玩，我就约了一帮姐妹晚上出来喝酒，顺便讲讲各自男人们的坏话，结果那晚我被委以开车的重任，她们倒是杀了个天昏地暗，我却只是喝了几樽气泡水，还得一个个将她们送回家宅，安顿好。

姚美君是最后一个，她喝了很多，基本上我的罚酒都让她承受了,倒不是我狠心,只是我相信她千杯不醉,将她留到最后,也是想着,或许还能帮我收拾其他醉鬼。谁知她后劲强大,发起酒颠来像巫婆作法,一边哭喊,一边挥着手,我扶着她进升降机,她却扒着门,死活不愿意进去。我只能哄阿女一样地哄着她:"乖啦。人来啦。"

我连拉带拽,把她拖进电梯厢,她一进去就用那双下午刚做好的"九阴白骨爪",从上到下将楼层键按了个遍。我去抱她,她试图挣扎,一下就把那块漆膜划出细痕。我求她:"发个好心啦,你们小区很贵,我赔不起的。"

她倒是放弃了般坐在地上,慢慢抬起头看着我,讲:"你的样子好妈妈款,好贱格啊。"我不知道她这话什么意思,只当她是在开玩笑,一边伸手去捞她起身,一边反问她:"好,算是我贱格啦。妈妈款又如何啊?大小姐?"

"为什么你们今天都在聊育儿经,为什么啊。欺负我咩?"听出来她的声音多了哭腔,我只好拍起她的背,心想今天确实冷落了她一点,我们唾骂各自丈夫的时候，难免总会聊到子女。她三番两次想岔开话题都没有效果，我们也不如以前灵敏，根本察觉不到她隐约的失落，可能网上那些人说得没错，女人怀孕过，就会变傻吧。

我在玄关见到门口没有男人鞋，就按了门铃，却见到她家门上的艾草已经枯黄，发黑，想起她半个月前发的那条讯息："死了。"我胸口一阵发闷。姚美君打开门，或许是见到我，微微笑了一下。我这才放心，问她："怎么样，缓过来了吗？"

她又笑了笑，讲："还好吧。"

我一边脱鞋，一边讲："一个月时间都差不多到了，你从此都要解放啦。"我脱好鞋走进去，才发现她身上穿的，是我之前送给她的哺乳裙。裙子是粉色的，上面有小熊的卡通图案，最特别的是在胸脯前有一个帘扣，可以方便妈妈们翻开来哺乳。其实她穿起来挺适合的，衣服很宽大，能笼罩住她过度滋养的身体。好看归好看，我可不敢夸她。

"我婆婆要我养足四十天，讲这样保险一点。"她突然问我："怎么啦？看着我干什么？"

我讲:"没有,哪有看着你?"我扯开话题,看向她家的电视墙。"你怎么看起《侏罗纪公园》了?你不是应该看《师奶唔易做》咩?"

"你才是师奶啊!"她将音着重于"师"字上,听上去就和"C"一样。

"知道啦,你是E奶。"我反击。

她低下头看,讲:"你羡慕不了的。"

"好好好,你最大。"

正当我为了她还有心情开玩笑而感到安慰时,她就叹了一口气,猝不及防。我只好讲:"在来来买了两盒蓝莓,吃不吃?"

四

我先生问过我,为什么要在姚美君结婚贺卡上写上"世界和平"四个字?我跟他讲:"如果你见过她公婆就知道了,她们要是能相处得好,那就是世界和平,相处得不好,自然就是第三次大战。你不明白,这是最高祝愿。"

姚美君和杨仔在婚宴上说要丁克,引起了家族遗老的不满,即便他们未必一下就懂得这个词的含义,但要搞清楚也不难。席后还没送完所有宾客,姚美君就被拉到化妆间挨训,我作为伴娘,也只能在一旁看着。她婆婆讲:"有些事情焖在锅里,煮生煮烂都无所谓,反正时间消磨,得过且过;但要是捅开了戳破了见天光了,那就不好意思了。"

彼时新郎官已经醉倒,被人抬去婚房。姚美君只能孤身作战,乖顺地被指教了快半粒钟,虽然频频向我示意,表明自己的礼貌已经到了极限的地步,再不救场可能要火山爆炸,但我依然爱莫能助,莞尔谢绝。嘿嘿,姐妹,这就是婚姻给你上的第一堂课。

等她度完蜜月回来,我们出去喝咖啡,我又听她一直抱怨婆婆,讲她总会打国际电话来提醒,要多做几次才会中彩。她不无讽刺地问我:"是不是她老人家失忆了?我明明说了要丁克啊?"

我附和她:"对啊,做婆婆的,都是这样。有时装聋扮哑,有时耳聪目明。"

她夸我总结得好。我又问她:"不过,你婆婆怎么不去找杨仔讲?"

姚美君没理会我的问题，只是自顾自地讲："你知道吗？我从机场回家，刚踏入门，她就一直打量我，从我额头看到脚趾公，好像在检查一只猪㮾一样。"

当场姚美君就下了决定，她告诉我："龙游浅水遭虾戏，他朝一日，本小姐定要搬出去。"我心想，哪有那么容易？于是提醒她："你这些跟杨仔说了吗？"

姚美君大惊失色，换做一副正气凛然的样子，讲："那我怎么可能说？我绝对不做挑唆母子关系的坏女人。"

我讽刺道："哦，这才想起来要做二十四孝媳妇啦？"

当然，姚美君讲得出做得到，她努力做了几年保险和基金，后来又鞭策杨仔卖掉一些坏资产，才购置了这个欧葡式小区的单位，虽然听说还是有公婆很大的资助，但至少，她这条龙确实游出来了，做了真正的女主人。我们周边的朋友都以为，好了，她终于过上她想要的好日子了，谁知没多久，她又开始兴风作浪。

讲起来还和我有一点关系。这么多年以来，姚美君和杨仔坚持丁克之家，可是咬定青山不放松，对于孩子，不生就是不生。原本那些阻力，也正如那日我在婚宴化妆间听到的金句，"时间消磨，得过且过"——他们双方父母催促的热情都已经随着时日推移，逐渐冷却下来。我相信，如果不是那天的聚餐酒局，姚美君还会一直坚持当初的决定。

"你在家会无聊吗？"我给她端上洗好的蓝莓，问她。

"看看书啊，或者看电影咯。"她伸出手不客气地抓起一把，塞进嘴里。"反正这么多年，我都没出来做事，习惯了。"

"这位富太太，你找点事情做吧，不要让自己闲下来。"我的手机收到讯息，是公司领导发来的请假许可。我看她一脸无所谓，不知怎么，还有点微微生气，我可是请了假来见她，想说此时她或许需要姐妹的膊头靠一靠。

"富太太？呵。"姚美君一边冷笑，一边还看着电视机荧屏。"人生究竟为了什么啊？"

"你不要又问这一题啊姚美君，我答不了的。"我想劝止她，但这句话终究还是没能讲出来，因为两年前她也是这样问我的，一问，"世界"就要发生大事。两年前，就在那场大醉过后不久的一天，她突然约我出去吃重庆火锅，菜刚上枱就跟我讲她和杨仔吵架了。我问为何，她讲："我想要个孩子。"

我极度认真地问她："你有病啊？"

"我在想，人生究竟为了什么啊？你看我自从搬过来氹仔之后，就没工作了，成日都无所事事。"

"杨太，做人不可以这么故意炫耀的。"我摆低筷子，叉起手望向她。"你无所事事，是因为你事事都得偿所愿。"

"乱讲，我策划的艺术展就没有成功。"姚美君讲的是她乔迁过后，某日突然奇想，计划在海事工房一号布置艺术展，她想邀请一些明星做跨界艺术，但不知道是明星的脾气太大，还是她对于人性的估计太简化，对自己的影响力又过度自信，总之响应者寥寥，甚至就连杨仔也不支持她，他们的家底还算丰实，但没有丰实到可以这样挥霍的程度。姚美君为此事也向我抱怨过杨仔——他一点都不有趣了，极度市侩，已经不再是读书时那个扮抑郁的男仔。我心想，还不是某人逼出来的。

我讲:"那也不能拿生孩子的事开玩笑啊。"你自己都还是个孩子呢。傻妹。"毕竟你们争取了这么久。"

"人会变的嘛。"她骄傲地讲完,又给调羹上的虾滑吹气。

我讲:"难怪杨仔会和你吵架,换我,我都和你吵。"

姚美君沉默了,似乎我不应该帮她男人说话。"他是不是找你劝我?"她往前倾了倾身子,像要审讯我一样。

"没有。你见我十年来和他说过几句话?"其实她估中了,杨仔确实联系过我,但只不过是给我发了一句话:"帮我劝下她,求她不要发癫。"我不明所以,本想今日吃火锅顺便问清楚,但现在我只好按下不谈,因为要是说出去,那就会天崩地裂:一个姐妹,居然敢背地里和自己男人瞒着自己,是可忍孰不可忍?

犹记得杨仔求婚的时候,正是我帮了他,将姚美君骗出来逛街的,这才有他香槟玫瑰蜡烛大阵法,求婚那晚当然人人感动,又泪又笑,但事后姚美君竟然向我追债,还毫无羞耻心地讲:"你被求婚时我可提前告诉你了。"谢谢你呢,让我一点惊喜都没有。求婚这样善意的谎言尚且遭恨多年,更遑论现在去当他的说客,那简直是要被钉上耻辱柱了。

正当我以为这事不了了之的时候,姚美君转个身已经说服了杨仔,还以为自己很犀利。"我跟他讲,女人比男人的寿命长,将来你死了,谁照顾我?"

五

有一次,姚美君发了一张相片给我。我一打开看,原来是她肚子里的胚胎B超彩照。细细粒这么一个,就像一颗蓝莓。我知道她花了大半年积极地备孕,不单自己清淡饮食,还让杨仔戒烟戒酒,就连在我们的酒局上也只喝气泡水,甚至被我翻着白眼揶揄道:"知道那晚我的心情了吗?"她也毫无抵抗之心,笑吟吟地讲:"激将法,本小姐不受的。"

今日终于守得云开见月明,我祝贺她,但我又知道,她未来的关卡还将一山放过一山拦:

比如她的公婆,他们很高兴:"你们想清楚了固然是好。"但他们肯定也担心,这两个前酒鬼生的孩子会不会有什么问题,还讲:"如果有什么病况,还是不要拖累到他。"也不知道这个"他"指的是孩子,还是杨仔,抑或是他们两公婆自己。

另外就是姚美君的父母,他们风尘仆仆从潮州过来看望她,其中一个差点在过关时中暑,还是我送去医院的。他们也是一边祝贺一边担心,只不过担心的,不是她肚子里的宝宝,而是他们女儿到底能不能撑下去,还数落她:"早让你生你又不生,好了好了,非要熬到现在三十多岁,做高龄产妇你才满意。"

姚美君没有一句反驳,"满意,我很满意。现在医学这么发达,有什么好不满意的。"她跟我讲自己是甘心承受这些的,只是杨仔有时听到了会不忿。他比任何人都要生气。我知道,他们夫妻因为要孩子,已经有原则问题上的拉锯,又在备孕时加深嫌隙。

姚美君讲,她会控制两人性行为的时日,她家里那本台历被她画得花花绿绿,这都基于她所搜集的大量资料,有科学的,也有不那么科学的,更多的是介于科学与不科学之间,比如受孕时的姿势、气温,乃至星盘和潮汐运动。那些因素,在我们这些过来人看来,根本不重要，但在她姚美君眼里，都是至高信条。她一一照单全收，活脱脱将他们这对唯物主义的新潮流夫妻，变成另一种"天赐麟儿"的信客。尽管这一切鸡零狗碎的事务都承受了，他们还要遭到父辈们的冷嘲热讽回马枪，依杨仔的性格，他自然是最顶不住的。

我问姚美君如何处置这些矛盾？她却讲："我和他讲了，生孩子之前我们两夫妻吵架，那吵就吵了，我们一气呵成，全部吵完，不要留手尾，但宝宝生下来之后，我们就得做模范父母，给他一个温馨的家。"听她说这番话，我真是啧啧称赞，心想，你也真是奇女子，非杨仔不能娶也。

就在姚美君待产的这几个月里，她的身材更是丰腴起来。有一次我们去看望她，给她带去各种礼物，有尿片、育儿书、宝宝的衫裤和韩国产的吸奶器，当然还有那件哺乳裙。我拆了包装，将裙子抖落给她看，讲："你别嫌丑，将来一定会用到的。"她很高兴，高兴之余问我们："我是不是肥了很多？"

我讲："怕什么？为了他，值得的。"我摸了摸她的孕肚，隆起得不算太大。

姚美君一边䑎着鱼胶，一边讲："我觉得营养都给我吸收了，他都没怎么吃到。"我和其他姐妹们对视了一眼，彼此都心照，这已经不是原来那个姚美君了，她身上泛着一种淡淡的母意。

这些或许能回答那个问题：人生究竟是为了什么啊？

可没等我回答，姚美君就对我讲："你脸上那个东西是什么？"我脸上？她伸手帮我摘下来，我一看，是阿女今早玩的贴纸，是某个少女卡通图案，粉红色，上面还带着金粉。

我尴尬地笑笑，只好佯装愤怒道："都不知她什么时候贴上去了，真是衰女包。"

"你看，你有个女，真好！"姚美君深深吸了一口气，又装出客套话的口吻对我讲。

"哎呀，好烦的。日日都要担心她。"

"是喽，这不就是人生的意义吗。"

我顿时哑言，"你不要想这么多，其实你已经赢过很多人了。"从楼的窗台望过去，你能看到海，光是这一点，在澳门，你已经很了不起了。这样酸的话，我自然没有说出口。

"但有些跑道,我又输得见不到前面的人影。"她的眼神落在窗台角落,我也循着去看,原来是朋友们送给她孩子的那些礼物,各类玩具、衣物、尿片,还有一部学步车。之前来做客的时候她讲过,等孩子出生,她要让这个角落作为背景墙,给他拍张照。我们当时只以为是玩笑话,没想到她这样真切地记挂着。

六

我走去厨房,将装过蓝莓的盘子过了一遍清水,放回底下的抽屉式消毒柜,起身抬头时,见到炖汤机已经冒着烟,正想出去问姚美君,但一踏入客厅,就望见她一边看着电视,一边眼圈发红。我心想,不是吧,看《侏罗纪公园》也能泪目?我一看屏幕,原来是小恐龙在保温箱里破壳的那段戏,几个人类正围着一头小恐龙发出慈母般的哄玩声,在背景音乐的烘托下,仿佛那是一个令人感动的奇迹。

相衬得来,姚美君显得真可怜。我只好过去坐在她旁边,就像当时在电梯里一样,轻轻地抚摸她的背。她一句话都没有讲。我也什么都不敢问。是的,只要她不主动开口,其他人也不必出声。这一点,我还是了解姚美君的。

一个多月前,姚美君早产了,其实早产的风险我们都已经预备了,只是没想到宫开的日子,比预估得还要早。记得有一次杨仔没空,我去陪她产检回来,她还轻轻笑了一声,讲:"看来我织的帽子,都太大了。"她的笑声听上去很苦,这种苦由无奈垫着,更有一种坚实的残酷,是世上所有做母亲的,都不忍听见的。

"你知道吗?孩子出生之后,只是被护士按在我脸上亲了一下,就送去 NICU 了。我甚至都没听到他的哭声。"

"你知道我隔着玻璃看他在保温箱里,他身上插满了各种奇怪的管道,他才多大啊,那么小的一个小生命,刚出生就要被这样对待,我恨不得被插的人是我,你知道吗?"

"你知道我睡在产床上,多难受吗?我连他的房间都已经涂成蓝色了,上面还贴了好多好多星星,关灯就会发亮。你知道的,从前,我还嘲笑你阿女的房间这样设计很丑。"

我以为姚美君会哭着,抱着我讲这些话,但她没有。我发自内心地希望她讲出来,这样我才可以告诉她:"我都知道,我明白你的痛苦,可你要好好撑下去呀。"

姚美君坐在沙发上,只是小小地哭着,很有节制,在流了几滴泪以后,她尽量就不让眼泪掉下来了。

"怎么了?"我很惊讶,赶忙问她。

她沉默了好一会儿,好像这样便可以将方才的哭泣抵消,正如半个月前她也是这样沉默的。半个月前,她发给我"死了"两个字的时候,我正哄阿女睡觉,一看到手里的文字,触目惊心,发去问她:"怎么了?"等阿女睡着了,我还没看见她回复的讯信。

我又问她:"怎么不回复我?别吓我。"

"对方拒绝了你的通话要求。"三次。我正担心着,杨仔却发来讯息讲:"她没事,回头讲。"他这样说,我反而隐隐觉得不祥。我见过姚美君发在朋友圈里宝宝的照片,他闭着眼睛,脑袋如同放久了的橘子一样发皱,通红的四肢又瘦又干,他的嘴部插着透明的管道,胸前贴着两张白色的电极片,因为被放在保温箱中,活像个外星文明的动物。姚美君配在照片上的文字写道:"妈妈和你一起加油。"和这张照片一起发出来的另一些照片,是好几张诊断书。我将诊断书发给一些医学界的朋友,他们话糙理不糙,都讲宝宝太脆弱了,夭折是合情合理,不夭折就是奇迹。

"可是宝宝夭折了就再生一个呗。"我心里这样想,但又不忍问她。我看着姚美君,想起第一次见她的样子,如今已经是另一种别扭。她沉默着,木然地盯着电视机,里面的小孩们望见了高大的雷龙,正发出赞叹声。那声音将房间里的空气衬托出寂静来,更令人不安。好在厨房里的炖盅机响了一声,可能是什么东西煮好了。我问:"等你想说了你再说,你煮了什么?我给你舀出来喝?"她没有回答我,只是点了点头。

我拿抹布挪开炖盅的盖子,用勺子一撩,木瓜,鲫鱼,我用勺子压开食材,只取汤水,汤水上浮着一层脂肪泡泡,它们一颗颗挤在一起,就好像细胞的群落,似乎只要经过某种序列的组合,就能孕育成一个胚胎。我将汤水舀进碗里,忽然才意识到,木瓜和鲫鱼,都是一些催乳下奶的食材，难道她的宝宝并没有夭折？

我端着汤到客厅，姚美君站起来，接过去喝了一口。她皱着眉，讲："真的好腻。我前面三十多年喝的汤，都比不上今年的。"没等我接过话，她又笑了笑，讲："不过还好，我早产，比你少喝一个多月。""别这样。"我轻轻拉着她的手。

七

"我刚刚还想问你，为什么要喝木瓜鲫鱼汤？"

"这样乳水多点嘛。我量挺少的。"她摸了摸自己的乳房，就像摸到一张只能打出去的麻将牌，难掩脸上的失望。

"我当然知道是什么功效。"

姚美君把汤一口气喝完，抬高手背擦了擦嘴，讲："现在宝宝已经可以喝母乳了。"

"在保温箱里面？我还以为只能输营养液。"

姚美君没有回答，只是把碗放下，望了望时钟，将手伸到茶几底下，拿出一个物件。我一望，是那个韩国吸奶器。"你帮我拿个乳袋，就摆在冰箱里面。"

我讲："用这个，很损身体的。"她摆了摆手，明显不想浪费时间讨论这个问题。我只好起身走过去，打开她家的冰箱，却见到有一层满满当当的，都是装了乳水的塑胶袋，有大包有小包，它们整齐地排列着，像影片里面的高科技物资一样，极其冷感，我惊叹得连下巴都跌低。每一包母乳都清楚地标注了日期，但最远久也只是半个月前，奇怪，她为什么能产这么多乳水？

我拿了一个袋子给她，故作无所谓地问她："宝宝的情况好吗？几时可以出院啊？"我还是不太相信，她的宝宝没事。

姚美君表情明显停滞了一下，很快又坦然地撩开哺乳裙的帘，支起吸奶器。"我不知道，反正我能做的，就是留奶水给他。"

你会不知道？那你说"死了"是指什么意思？我走到落地窗边，越想越气，有种被欺骗的感觉。我望着远处的海，那无垠的深蓝色令人厌倦。窗台边摆起了各类婴儿用品，明明就像一个灵堂。我还是信我的直觉，转过身问她："你到底有什么问题？"

"我没什么问题，我就想问你，男人为什么只顾着自己满足?"

她的眼神空洞,面部平静,这副神情令我想起她在怀孕初期时,跟我要了很多养胎的秘诀和配方,我讲:"你们潮州人不是最会养胎咩?"她讲:"那也要讲究博采众长的。"过了一段时日,她的烦恼明显有了转向,有一次她问我:"他想'炒饭',可是我怕对宝宝不好,怎么办?"我伸出两只手指,比作剪刀"喀嚓"的样子,讲:"阉掉。"她明知道我是开玩笑,却故作认真地回答:"那可不行,还有用。"

"你堂堂高龄产妇,杨仔也太不为你着想了。"

"他同我讲,是不是有了宝宝,我心里就没有他的位置了。"姚美君叹了一口气,但又讲:"不过,他这样吃醋也挺可爱的。"

"这不叫吃醋,男人说到底,天下乌鸦一般黑,都是只顾着自己满足的。"姚美君质疑地望着我,试图望穿我的婚姻似的,我只好将剪刀换成拳头,补了一句:"用手吧。"

我听人讲过,有的孕妇生完仔,会得抑郁症,难道短短数月,姚美君对两性大道理的思考,已经飞跃进步？不过，我宁愿她问我房事，都不要问我人生的意义。

"杨太，何出此言啊？还是关于炒饭的'厨艺'吗？"我以为开个玩笑，氛围会好一点。可她没有笑："算是，也不算是。"她突然吃痛地发出咬牙切齿的一声，或许是吸奶器频率开太大了。我看了一眼，竟然有一点血丝。

以前我生了阿女，经常向姚美君抱怨喂奶会乳头皲裂，痛不欲生，姚美君每次都是不近人情地嘲笑我，嘲讽我是一部人奶机器，还讲："怕痛用奶粉不就够了。"殊不知风水轮流转，她也成了母乳的拥护者。只可惜她分娩之后，宝宝被送去新生儿重症病房抢救，后来又交给保温箱，没有她施展的天地。

"你都肿了，"我劝她："别用了。"

"我全部都要留给宝宝，一滴都不留。"

"又没人同他抢。"我挪开她的手，将吸奶器从她的乳房上卸下来，望见姚美君的眼又红了。这时，我听见她沉沉地讲了一句："我要离婚。"

"为什么啊？"

"他强奸我。"

"杨仔?"

"嗯。我根本就没心情,他偏要。"

我还以为是多大的事,就打趣道:"男人嘛,在自家吃,那也总比去外面偷吃好。"

"他还抢了属于宝宝的奶水。"

"你是说……"我望向她的乳房,她点了点头。她的声音颤抖起来:"他嘴上还讲是为了安慰我,但多年夫妻,他一碰我,我就知道他什么意思。那一刻,我觉得天旋地转,好像从胸口涌出来的不是乳水,而是血,是泪水。"我望着连接吸奶器的瓶子,乳白色的液体中,我似乎能看见姚美君所讲述的那个夜晚,或许那是世上所有妻子们共有的记忆。

"你帮我找个律师吧,我这里不熟。"我能听到她声音里的慌张。

"傻妹,离婚也未必需要律师的。再讲,你们风风雨雨这么多年了,还有,拜托你想一下宝宝,你想他将来活在一个单亲家庭里吗?"没有人比我有资格质问她了,那句"就像我阿女一样",我已经不需要讲出来。

姚美君清楚的。她欲言又止,仿佛在找话说服我,或者说服自己,她握着我的手,顿了一顿,像挑婚纱那天一样。她着急起来,不断地跺着脚,像疯魔了的钢琴家,我甚至觉得好笑,没想到她会讲出来接下来的话:"但是……宝宝死了,他死了,半个月前就死了……我真的好难过,而且我连他最后一面都没见到,就因为杨仔怕我伤心。凭什么都是他决定?他在我这么难顶的时候,非要提醒我……提醒我宝宝死了,他一边做,一边在我耳边讲,没事我们可以再生一个。"

我缓慢地抱住姚美君,我的眼泪却不知何时冒了出来,她潮湿的呼吸声在我耳边一提一放,她讲:"结束的时候,他拿浴巾擦我的身体,我望着我的胸,是那样陌生,荒凉,就好像两座坟。"

我抹掉眼泪,轻声讲:"没事的。没事的。我们去睡一觉吧,睡一觉就帮你揾个律师,就揾我以前那个。"

过了一阵,姚美君的呼吸声渐渐平缓,我估计她在我膊头上已经睡着了,我缓缓将她扶进屋子,她半醒半睡地发出两声,恐怕还是没能抵抗睡意。

我给她盖上毯子,想到哄阿女睡觉的时光,觉得姚美君也不过是一个小女孩而已。

  我离开了姚美君家，和那个有损痕的电梯间，当然也包括那个袒露乳房的女神像。当我开车经过嘉乐庇总督大桥，由氹仔回到半岛时，大桥两边的海水，被正午的太阳光照得明亮，水波推过去，犹如一道道妊娠纹。我心想，如果浪潮退去，能顺便带走它们，那也是大海的功德一桩。

天鹅

一

耳朵里又是嘈杂的声音，你努力睁开眼睛，镜幕电视上播放的是强制新闻，新闻播报倒像是通知一样，新的产殖中心在各省区建成；新型飞鹰球推广到各地，可精准扫描到个人基因信息；又有一条新的道德法理被通过：生育失能者将被分批编入生殖协助队。新闻里欢庆的信息对你来说，无疑是沉重的，你想吧，法理取代法律都已经四年了，《道德法》可谓一切法，你已经感到麻木。记得刚刚成立法理制定委员会的时候，你还非常生气，差点就要上街去声讨了，但你也知道这个时代，阵地已经不属于街头，你开始在网络上频繁地组织反对者，发表抗议。这过了才几年。那时候，你恐怕想不到，今时今日网络已经萧条，你只能看到强制新闻这种东西。全区域的镜幕电视都连接了道德新闻台，它们会同时在播报时间打开，是的，即便你没有缴网费也会。起初都是准点，八点、十二点、十八点，后来，为了防止人们在准点时拉闸断电，新闻管理单位又决定改成突击播报，比如现在，十点二十八分。

你有点不敢相信，这间小家庭客栈的镜幕电视竟然可以这么清晰，你甚至怀疑起老板娘，那个年老的女人，会不会并不像她看上去那么慈眉善目。你真的有点累了，疲劳使人多疑，但你也安慰自己，多疑也是为了生存。你已经和一些伙伴从省府的大城市逃到边陲，在边陲遇挫，道德巡捕效率很高，他们已经在可逃越的边境点上建筑了产殖中心，你只好逃到这里来，几经辗转，生死离散。你甚至有点绝望了，因而看到一张慈祥的脸，即便是陌生人的脸，都情不自禁生发出一种异常的亲切感了。可能她太老了，你觉得没有危险，而且她眼睛也不太好，你跟她说你要住房，她却说了一句，对不起，我得上手了。她失礼地拉下你的天鹅绒贝雷帽，摸起你的头发和脖子,她说,差点以为你是女的,不好意思,现在危险时期。你嘴上说没事,心里却很惊讶,她竟然没有核查你的身份,好像只要这样摸过,她便足够放心。当然了,你也准备了四五个假的身份卡。而且你总是会说,你是个失去了孩子的父亲,她竟然没有过多盘问,可见十分信任你,或许是因为摸到了你的眼泪吧,你心想,过去学的这些表演技术还能帮上忙。真是讽刺。

麦潇夫——你这样称呼他——正站在小窗台上,他不着衣履,身子修长,长头发很适合他,但不适合这个时代。他亭亭地站着,姿态并非有意,反而更具有美感,像一棵雪天的柳树。麦潇夫只是眯着眼睛,他很危险地把手放在窗帘,但并没有拉开。他神色哀怆,看上去比你疲劳得多,惊弓之鸟一样,这又让他的美多了一点萧条的颜色。你起身,也没有穿衣服,你灰耷耷的阴茎像一个干瘪的气球。你走去洗漱,水龙头里流出滚烫的热水,但用手去接也不觉得痛。雾气蒸腾,你猛地一下抬起头,在镜中看不到自己的面孔。其实,谅你也不敢看。

以前在舞团的时候，剧团的老师对你很生气，说你太依着自己性子来，是要吃大亏的。在上演《病天鹅》的时候，你喜欢在剧末把自己的头发解开来，舞团前辈们都说你这样太放肆了，你辩解说不是故意的，可一次二次后，根本就没有人相信你。因为大家都知道你技巧很好，纵然千转百跳，头上的辫子都依然高高地挺立着，反而在伏在地上的时候造成失误，这怎么可能？后来你也不再为之辩解，你心里根本不认为那是失误。渐渐团里的人们也默许了，他们私下里不无嫉妒地说，这或许是你的风格。省府的观众们也都习惯了，都知道你非要伏在地上扮演垂死的天鹅时，才让头发流出来，舞剧的忠实粉丝也去看过你的采访，在视频里你高傲地把右腿抬起来，迭在左腿上，把脚尖撑直。你说，这样更凄美一点。

你出尽了风头，这当然很危险。出事之后，你剪掉了长发。你的艺术家朋友们以身陷囹圄的境遇提示你，男子蓄发是非常惹眼的事，而你又如此优雅和高傲，自然每个巡捕看到你的长发都会停下来质问你。你用刀子割掉了你的长发,就在你家的浴缸里,当时你甚至想到要死,因为头发就像是你三魂七魄中的一个,或者说,它更像是你的一个布满疼痛神经的器官,你一边剪,一边哭泣,你仿佛看见一只天鹅在经历死前的病苦,你才知道此前对艺术的理解,是有点短视的。但这代价也太大了,你心里想。你再度看向麦潇夫的时候,总是不可避免地感到难过,他的头发和你之前的一样柔顺,光滑,黑,像一条幽暗处涓涓而流的溪水,灵动起来连闻到的空气都是清新的,你也不得不怪自己,把世界的洁净想得太深,太质朴。

你剪完长发,从浴缸起身,走出厕所出来,赤条条的,你的父母刚刚肯定在门口听着,他们神色紧张,但也不再遮掩,直来直去地告诉你,他们很害怕你会自杀。你说,我不会自杀的。他们嘴上说,那就好,可眼神里还是不信任,他们依然担心你,毕竟你这副已经成熟的身体,是他们的杰作。从你十六岁告诉他们秘密开始,他们就觉得你有点疯了,后来你考进舞团,他们才稍稍安心,至少不会饿死。孩子的死,是他们最恐惧的事,倒不是基于人性,而是基于父母两个字,他们不敢说自己养教得好，但"生"的确是他们的贡献，如果"死"，那就是竹篮打水一场空，只要你不死，一切就还好，他们就仍然是一对父母，仍然是新法理中的贡献者。

你也清楚，生育问题已然成了全人类的问题，虽然本来只是富裕国家内部的担忧，它们的人民生活优渥，要过精彩人生，怎么甘心生孩子来自寻烦恼，人口自然陷入了负增长，偷渡的外来移民又增多，原生种族陷入了被取代的焦虑，加上穷国家的子民又疯生狂生，太恐怖了。但是他们手握强势政权，可以通过战争消灭他国的人口，战争一发动起来，大量的武器在天空穿梭，在异国的土地上降落、开花但不结果，人们变得非常冷漠，冷漠得战争仿佛只是一个数字游戏，人口就像显示在老式的计算器里一样，一位数一位数地减少，不过就是按键而已。他们顽固地相信会彼消此长，即便不相信，那也不会甘心，历朝历代辛苦攒下来的文明果实将被他族窃取。

人算不如天算，富裕人口还是没有实现增长，糟糕的世界，谁会愿意新生命降临呢？在你生活的国家，建立了道德党，他们试图用宗教和道德的力量感召人们生育，而后是策动、是征召、是强制、是如果你不生就会得到惩罚，是不管你想不想、能不能，而只有你敢不敢。产殖中心收押了道德犯人，他们大多数人是犯了避孕罪、堕胎罪、同性恋罪，现在这些罪名已经统摄起来，称为不道德罪，延伸开来，是对人类社会的不道德。

那天，你是抗议队伍中的一个，网络已经被清洗，新的罪名刚刚被强制新闻宣布出来，你和你的伙伴们走向街头，你们一边喝酒，一边举着彩色的旗帜，大喊"热爱生活、拒绝生产"。或许是有点醉，在人群中疏漏的空间，你突然跳起舞蹈，伙伴们高兴地让出更大的地方给你，为你喝彩，那时你还能笑出声来，头发飞扬，足尖轻盈，像是置身于一场正义的狂欢。而今你在流亡，在狂欢之后的第十三天后，你告别了你的长发，它们躺在浴缸中，就像躺在棺材里。

二

麦潇夫抽起烟，面无表情。你凑近他，从烟盒里夹起一支消瘦的女士香烟，这是贵价货，黑市才买得到。麦潇夫望着你，正如你也望着他，你把烟举起来，在他即将化成灰烬的烟口上导热，你深深地抽了一口，又慢慢吐出来，像是在共享呼吸。麦潇夫伸了手去拉开帘子，你想阻止他，但终究没有，反倒也跟着看，你已经很多天没有到室外去了，如果不是向老房东买面包，她都会以为你死在房间里。

你向外面望，街道又脏又乱，垃圾堆在桶子边，苍蝇一群一群地围绕着飞，像天上的鸽。街上本来很安静，行人寥寥，除了流浪狗跑到垃圾桶旁扒拉着，它们争夺食物，也互相对着彼此龇牙吠叫。听说再过一段日子，一些失去生育能力的道德罪犯，会被遣出来打扫卫生，和打扫机器一起配合。歌声忽而从远处传来，一队小孩子唱着生育光荣之歌走过，带领他们的是一个男老师，显然，他不是很有经验，忙着队头就顾不上队尾，他以前很可能做别的职业，只是因为幼儿园的女老师们都去生产了，他就被安排做这样一份并不擅长的工作。

路的两头，有身着黑色警服的人在巡逻，他们腰间一条链带上安着十几个光铐，圆弧状看上去就像鳞片一样，手腕上系着银色的盔盒，但他们没有戴面具，所以只是日常巡捕，而不是道德巡捕。日常巡捕只负责排查路人，看能否抓住那些消极抵抗生育的人，据说抓到一个，就可以获得奖励。从一条巷子里走出来一个女人，领走了自家的小孩，另一条巷子又走出一个女孩子，大概有十三四岁，她也领走两个男孩子，看上去像是双胞胎，也不知道她是不是他们的姐姐。麦潇夫看着，有点呼吸不太过来，他窄小的胸腔频促地起伏着。他和你一般高，麦潇夫低头，像天鹅一样，弯下修长的脖颈，你任由麦潇夫靠在你的锁骨上，也就是任由危险暴露在窗帘之前，那又如何呢？你分明能感知到，麦潇夫的眼泪正流过你裸露的胸口，你的鼻腔里，也冒起一种苦涩的透明气味。

家庭旅馆不是很高，你住在二楼，越可疑的人住得越矮，房东老太太是这么说的。多没有礼貌啊，但她自己却睡在一楼的沙发床上，入门正对，只被一扇光幕屏风掩耳盗铃似的遮住，屏幕是属于新闻的。你刚来这里的那两天，她经常故意对你说，要是我还年轻就好了，可以为国家生孩子，她羡慕那些被列作典型英雄的优秀生产者，你下楼吃饭的时候，她会让你看颁奖典礼，这个节目，在光幕屏风上一直循环播放，你刚来住店的时候也是这样。

老太太看着光幕屏风，有一搭没一搭地跟你说话，明明是早餐，但因为她坐在那里，你总是感觉像是她半夜起来煮夜宵，要等你吃完才能去洗碗，然后睡下。老太太指着屏幕里一张欢欣的笑脸说，那是她的女儿，一个生殖劳模，她站在领奖台上，被大人物授予奖章，兴奋地戴在胸前。据老太太说，她女儿的子宫几乎没有休息过，但你很敏锐地看出来了，那些化妆品遮盖不了她的疲劳和虚弱，甚至神色里有一点悲伤，你还记得以前在舞蹈学校学表演的时候，老师分析过真笑和假笑的不同，你知道有些神经在脸上形成的纹路只属于真笑。

你没有为她的女儿祝贺，这一点被老太太捕捉到了，而且你还敢问她，屏风不嫌吵吗？我看你睡觉的时候也开着。老太太审慎地回答你，习惯了就不吵，马路上有煞气，我总得挡一下吧。你吃完饭，用随身携带的手帕安静地擦了擦嘴，四年了，你终究没有放弃这种生活习惯，或许出于多年习舞的缘故，你的背也总是板直，对你来说，这反而是一种放松。你听到老太太忽然说，如果他们来抓我，我就说我女儿可是生殖劳模，他们肯定不敢抓我。你听了笑笑，很不客气地说，生殖中心很缺老太太助产呢。这么一说，老太太也跟着笑。好像这种松弛太难得，以至于在别人的调侃里也听不到酸，只听到得意了。

你想合上窗帘，但麦潇夫不让。他对你比着嘘的手势，又指了指窗外，你看。二楼对面的巷子走出两个男人，一个中年，一个年轻，年轻的那个可能近二十岁，除了嘴唇上青青嫩嫩的胡须，他的长相应该称得上英俊。他们一前一后地走着，低着头。他们穿过马路，迎着窗帘打开的夹角走来，走到街尾，他们如常被巡捕拦下，但却没有如常被放走，巡捕让他们从路口退回，像是怕他们往不同方向逃跑。你小心翼翼地观察着，手心出了汗。你握住麦潇夫的手，没想到他也是，他缓缓拉开了窗，不让它发生声响。

外面只有天空澄澈，无风。

尽管已经用便携式脸部识别器测验过，巡捕依然向他们索要身份卡。你能听到他们说话，那么近，就在楼底下。年长那一个说，他是我儿子。巡捕看着他们说，那怎么不同姓？男人说，他跟他妈姓。你是哑巴吗？巡捕对年轻人说。对，他说不了话。巡捕狐疑地说，昨天新闻没看么？同性不能两人一起走，只能一人或两人以上。你依然站在窗帘边，仔仔细细地听。巡捕说，把手拿出来，他从腰带上按出光铐，一搓，冷银色的光像一只鸟展开翅膀，我们要给他妈上坟而已，我们真的不是……他可是我儿子。巡捕对那个年轻人说，你舌头怎么没的，你自己应该知道吧，好好配合调查，不然吃苦头。你听到麦潇夫说，妄言罪，判处拔齿、裂脸或者拔舌，他语气冷静，不像人了，倒像个智能机器。

巡捕勒令两人蹲下，他们驯服地弯下身子，只是那个中年男人在嘟囔。巡捕见他抬了一下头，就给他脑门上踹上一脚。他一边通讯，一边从盔盒中放出飞鹰球，飞鹰球是道德巡捕启用的设备，可以收集一公里飞过方圆十米的热感信息，所以街道两边房屋内所住的人，都逃不过搜索，而最新的技术迭代，已经能扫描出人身上的纹路，从而捕捉到每个人独特的指纹，根据指纹确认身份，注定是通缉犯的克星。据今天的强制新闻说，这种最新的飞鹰球已经在全国各地普及了。飞鹰球的嗡嗡声响起来，像一只蜂鸟一样来回在街道上穿梭。

麦潇夫已经把窗户和窗帘拉起来，他悲怆地看着你。可是你安慰他说，这个镇这么小，或许还没普及新的飞鹰球呢？虽然你嘴上这么说，但其实，你心里比他还要焦虑，对吧？

三

你在房间踱步，也拿出了行李箱，你不知道要往里面装点什么，或者取出什么，但总之你要把它摆在房间的中央。你敦促麦潇夫，快把"通报"里的信息删掉，你有点茫然，根本不知道哪些会成为加重你刑责的罪证，但统统清除不就好了。你心里这样想，就像割掉长发总会更安全一点。

麦潇夫犹豫了一下，才扒了扒行李箱，从一颗塞好的袜子球里掏出一颗"骰子"，这个东西原来叫通宝，后来信息统一连接后，人们暗地称它为"通报"。你用手指头轻轻滑搓它，把指纹录入，一个扇形的光幕从"骰子"四周风车般打开，尽管你已经通过黑市设置了防数据外流火墙,但强制信息还是在光幕上展动,生殖宝 AI 的声音立刻弹出,无论你做什么操作,它都像个背景音一样存在着:根据相关法规,个人通讯设备已被禁止使用,请您立刻上缴,否则将违反《新道德法案》第三十七条。你手速奇快,删掉了通讯簿,里面有父亲、母亲、前任、伙伴、教师、旧同事,他们的头像都是灰暗的,有的上面还标有白色的花,说明已经死去,有的虽然没有标,但也未必活着。毕竟个人通讯设备也禁止有一段日子了。

你打开了个人媒体库,通过你设计的几层密码:数字、文字、方言语音、亲属图片选择,然后来到动作密码,你对着镜头,慢慢地把整条右腿掰到头顶上。你明显感觉到是比以前吃力了,心里难免有一些失落,想着,为什么我的肉身这样沉重?好歹还是撑到十五秒,你打开了媒体库。你飞一样地滑过一张张相片,像是记忆在倒流,里面还有麦潇夫跳芭蕾舞的视频,也有此前大游行的画面。圆环状的屏幕弹出——您是否完全销毁?——你搓了搓指纹,整个"骰子"所展开的光幕就熄灭了,蓝色的光线在它黑色体表纹路间,就像呼吸一样，逐渐虚弱地翕动着，直至完全消失。

麦潇夫呼出一口气。你把它冲进了马桶，空气流像刀削一样把它切碎，然后卷走。飞鹰球在窗外停下，你能听到它嗡嗡的声音从忽大忽小变成恒响，过了好一会儿，才飞走。你紧张得要命，立刻要收拾东西走人。你穿上衣服，呼喝着麦潇夫，你快准备啊，我们要走了！等你穿好衣服戴上那顶天鹅绒贝雷帽，扭过头来时，麦潇夫还依然睡在被窝里，他就像一团坚硬的云朵。你怒不可遏，冲上去，压在他身上，你吼他，要不是因为你，我会沦落到这个地步吗？麦潇夫一如既往地只知道哭，他这样懦弱的性子，实在让人焦躁。他啜泣着说，就由他们吧，我实在不想躲了。

你拉着他起来，花了大力气扯着，喊着，你给我起来！可麦潇夫的手就像云雾一样捉不住。你气喘吁吁，脑袋被血涨得难受。你举起手，扇他耳光，一巴掌一巴掌地飞在他白皙的脸颊上，那么高傲，他毫不躲避，韧韧的，似乎已经打定主意要留在这里。他脸上一点红色都没有，他就不是个真的人。你当然很沮丧，如入无人之阵，脸上是一阵阵热辣的痛。你把手放在他修美的颈子上,他却故意抬起脖子,好让你的手指可以从后面牢牢锁住。你逐渐加了力气,咬牙切齿地,你想要杀了他,可分明你的脖子上却感受到了窒息的痛楚。他突然轻蔑地微笑,像在可怜你,眼神仿佛在说,这样就能杀死我么?

街上有人惊呼和哭喊,你筋疲力尽从麦潇夫的身上下来,你无法杀死他。你拉开窗帘,看到几具尸体像水墨画的梅花一样,在巨幅的街道上点开,巡捕杀人了,那么轻松畅快。那些人可能就是试图逃跑的藏犯吧,和你一样。巡捕的神色非常坦荡,他手里的光束枪冒着一些不宁静的热烟,曲曲扭扭的。似乎他掌握了武器,就掌握了真理,他的表情看上去很成就感,像是在说,除了叛徒,谁敢在飞鹰球启动时的戒严时间跑出家门呢?在戒严时间里,任何一个出现在大街上的生民,都可以被击毙。这是半个月前通过的法理。所以你能看到当中一具尸体,像是一个小女孩,她手上拿着的不是行李或者包裹,而是一串风铃。

道德巡捕的车驶进街道。车门被拉开,下来了四个道德巡捕,他们戴着防毒口罩和扫描眼镜。你只好重新把窗帘拉上，一转身，麦潇夫抱着你。他在你耳边说，都已经这样了，不要再挣扎了。他咬着你的下唇，咬出了血的味道，悲哀像是就藏在血液里的剧毒，教人一下子被驯服。麦潇夫把窗帘拉到底，他把你转向窗台外。你周身赤裸，面对窗景，就像一件祭天的贡品。他抚摸着你的耳垂，在你的脖子上吐着风说，逃不掉了。既然逃不掉，不如最后快活一把。然后是胸口，乳头，他温柔的手拂尘一样地，从你身上的一寸肌肤游走到另一片去。你的欲望像是自燃的火，茂盛得突发，你微微笑，他把手伸向你快乐的部位。窗户之下，是身首分离的尸体，和看着你的巡捕、那对蹲着的父子。

　　道德巡捕从对面一栋楼下来，他们逮捕了一个人，却正好看见你的高潮。巡捕抬起光束枪，却发现在刚刚的屠杀中耗能严重，没有办法射出能量。然而你可以。道德巡捕像是十分受辱，气势汹汹地向你所在的方向冲来，你在余欢之中，发现对街上，仿佛有很多人家正偷偷拉开窗帘在看你。一种久违的感觉降临，就好像你正身处于舞台之上，观众们鼓掌、吹哨、叫好，你是人群中一只优雅的天鹅，美丽而自尊，最重要的是，你独特。可你的腿抬得艰难，麦潇夫则很轻松，你这才清醒过来。

道德巡捕割开门锁，当他们冲进来的时候，你听到麦潇夫喊了一声，再见。你转过身，他从窗台上跳了下去，你伸手去捉，他却消失了，在两层楼之下，你只看见水泥地面。他就这么消失了，随之消失的，是你的视域，和你对身体的支配权。眼前一片黑，你闻到的是塑料的气味，应该是被罩上了，你的手臂被拉到身后，一个光铐包着你的手腕，它很热，然后狠狠地勒紧，像是要勒进你的骨头里一样。你流了眼泪，不知道是哪个部位在隐隐作痛。

你被拖下楼，你听到房东老太太的声音喊着，我就知道他是坏人！可惜我的眼睛不好，如果我的英雄女儿……她尖叫一声，然后又嘶嘶地抽叫，或许是挨他们揍了，又或许是被他们的电击棍击中。道德巡捕勒令你抬起脚，你踩上去，然后被推进去，你感觉进了一个更凉快的空间，但挤满了人，你可以听得到来自不同位置的喘息声。你被挤到一个软软的垫子上，你没等坐好，脖子上的头罩就被人取走，这时，你的视力才被重新给予。

坐在你旁边的是你对面楼被抓下来的人,女人模样,但仔细看能看到喉结;对面是那对父子,年长的正恶狠狠地看着这边,而年幼的闭目养神。道德巡捕在报收今天的成果:一对疑似同性犯,一个在逃同性犯,和一个在逃变性犯。中年男人很恼火,他骂道,我他妈才不是什么同性犯。死变态。恶心。他对着你骂,也对着坐在你身旁的人骂,道德巡捕叫他消停点,他也不。甚至说,你们这种罪,是要剥夺生殖器的!他说了这话,你旁边坐着的人反而笑出了声。中年男人似乎被冒犯了,羞恼起来,朝那人脸上吐了口水。接着是你,成了他口腔武器的靶子,你就像被一颗透明的子弹击中。

四

你抱着自己,蹲在囚室里,囚室约有五平方米大小,四壁干净,像是那种裹装电器的泡沫盒子。饭菜完好,一棵玉米,一勺子猪油青菜和米饭,其实很香,比你想象中要好,可你没有动过。狱警经过在你面前停下,他生气地说:你他妈爱吃不吃,死变态。他蹲下来，端起放在地上的菜盘，又看了你一眼，说，能活下来算你运气好，还不知道感恩。

你还记得被送到手术台上，被一根巨大的针刺入脊柱，着绿色手术服的人从头到尾没有说话。他们非常镇定，不会告诉你，这套即将剥离你身体的器官将去向何处，是移植给别人，还是送进实验室做研究。你会怀念它的，就像怀念你的长发，你为自己的惜命，而感到可惜。当初你想着，一个男人留长发，被巡捕盘查的概率会大幅上升，现在还不是一样，你又失去了第二个器官——性的器官——那当初的割发又有什么价值呢。

你俯下头，看了看自己的小腹，你的确失去了一部分自己。狱警才说，好好的，搞这个干什么。接着，他又说起自己的事，他说他去生殖中心二十次，才能换到一个号，排到序列中抽奖，抽到了才能进入异性选择库，被另一方选中才能发展亲密接触，而且前提还要有好表现，比如种子质量优良。

你听着他说话，心里却怀念起麦潇夫。从你认知自己那一刻，他就出现在你身边，像一个鬼魂，或者像一个影子。你说不上来，他是你的一部分，还是说，你是他的一部分。他曾让你快乐，也曾让你忧愁，让你陷入甜蜜恋爱，也让你与家里人起争执。终于有一天，你在一场炙热的爱情结束时，承认了他，给他命名，麦潇夫。他鼓舞你走上街头，也害得你身陷囹圄。他似乎永远妩媚、永远年轻、永远孤独却也永远陪伴你。要承认他的存在很难，要杀了他更难。他翻过窗户的时候，就那样凭空消失了，但你知道，他并没有死去。你怀念他，只是再也无法以勃起的方式怀念。

狱警去饮水机边给自己端了一杯水，他似乎错以为你有开口说话，也给你的水碗盈满了水。水面波荡着，反射出天花顶的白，灯光像一个缩小的太阳被降进碗里。隔壁囚室的人在唱歌，唱的是什么，你不知道，但歌声婉扬，语言是希腊语或者意大利语，狱警去喝止他。你没说话，只是凑近了水碗。水面露出了影影绰绰你的脸，也是麦潇夫的脸。只是要胖一些。他是最美好的你，但又未必是最真实的你。你曾经把那个快乐的人格困住，像是复仇一样，现在肉身也落得同样下场。你要怎么逃呢，麦潇夫说过，你逃不了。

狱警正骂着那个你见不到面孔的囚友。你待在这边，静静地喝了一小口水，又把水碗放在地上。你站起来，忽然踩着音乐的节奏，开始慢慢地跳起舞，警棍敲击地面和牢框时发出的声响，就像是鼓点一样。你旋转，舞蹈，在有限的空间里把手臂伸延，把腿绷直，背部或躬，胸脯或昂，脚尖绕着水碗颠着，跳着，像一只经验丰富的手抖动地按住脉门。直到歌声被痛楚取代，你也用肢体表达出来，收腹，虬结双臂。你没有放弃表情，你流泪，你皱眉。

落脚的时候，你回到起点，你低头看着下方，碗里的水，映照出你的舞姿优美，仿佛当中有一只天鹅，自由而灵动地栖息着，碗口圆润，就像是一个出口。舞台的感觉在召唤着你，一片小小的空间，虽然小小的，但只属于你一个，你慢慢地，轻轻地，像完成一个古典的仪式般，扯开了胯部上那块带血的纱布，一些红色的头发被你热烈地释放出来。

图书在版编目（CIP）数据

走仔 / 黄守昙著. -- 上海：上海文艺出版社,2024（2024.7重印）
ISBN 978-7-5321-8718-8

Ⅰ.①走… Ⅱ.①黄… Ⅲ.①短篇小说－小说集－中国－当代
Ⅳ.①I247.7

中国国家版本馆CIP数据核字(2024)第011602号

发 行 人：毕　胜
责任编辑：解文佳
装帧设计：唐本达
封面插画：唐本达

书　　名：走　仔
作　　者：黄守昙
出　　版：上海世纪出版集团　　上海文艺出版社
地　　址：上海市闵行区号景路159弄A座2楼　201101
发　　行：上海文艺出版社发行中心
　　　　　上海市闵行区号景路159弄A座2楼206室　201101　www.ewen.co
印　　刷：上海盛通时代印刷有限公司
开　　本：787×1092　1/32
印　　张：8.375
插　　页：2
字　　数：122,000
印　　次：2024年5月第1版　2024年7月第2次印刷
Ｉ Ｓ Ｂ Ｎ：978-7-5321-8718-8/I.6868
定　　价：52.00元
告 读 者：如发现本书有质量问题请与印刷厂质量科联系　T:021-37910000